探検！
いっちょかみスクール
魔法使いになるには
まほうつかい
編
SOUDA OSAMU
宗田 理

もくじ

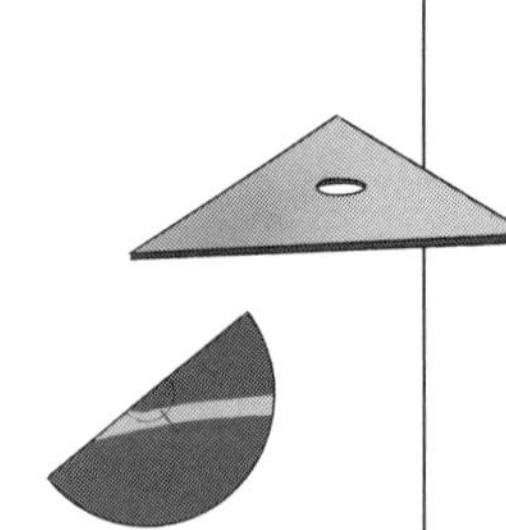

魔法使いになるには編
人物紹介
橋本ユトリ
自由奔放で好奇心が強く、
放っておいたら
何をしでかすかわからない
津島礼司
ユトリのおさななじみ。
聞き分けのよいしっかり者で、
危なっかしいユトリの見守り役
ダーちゃん
いっちょかみスクールの
なぞのネコ。
パンダのようだが、
ネコといったらネコ
武井麻里奈
あやしい(?)塾
〝いっちょかみスクール〟の
受付係。誰にでもやさしい、塾の女神

佐野一馬
いっちょかみスクール・
自動車修理教室の講師。
手先が器用で
なんでも修理してしまう
南無バカボンド
いっちょかみスクール・
魔法教室の講師。
およそ魔法使いには見えない
富田春矢
いっちょかみスクールの塾生。
なにか悩みごとが
あるようだが……？
ジョージ・
フーリガン
伝説のロックスター。
もうかなりの年齢のはずだが、
ド派手なライブをぶちかます
富田謙蔵
春矢のおじいちゃん。
半端ない
お屋敷に住む、
「富田組」の
えらいひと
MAGIC

将来、我が子がしあわせに世の中を渡っていけるようにするためには、どう育てたらいいのでしょうか？

それはいつの時代でも親たちの悩みの種ですが、近年の技術の進歩や、社会構造の変化はめまぐるしく、心配事は増すばかりです。

何か光る特技をもたせようと、習い事をさせておきたいとは思うものの、自分の子がいったいどんなことに向いているのか、見極めるのは大変です。

ピアノやバイオリンなど、楽器の演奏ができるようになる塾？

絵画や習字など、芸術的なことも捨てがたい。

グローバルな人間になるためには、英会話などの語学の勉強も必要です。

体操やスイミングスクールなど、スポーツの世界にチャレンジしてみるのもいいかもしれない。

もちろん、定番の学習塾も外せません。

とりあえず全部、通わせてみる？


いいえいえ、私どもにおまかせください。

当塾にいらしていただければ、余計な遠回りなどせずとも、あなたのお子様の特別な才能をすぐに見ぬき、それぞれの能力にふさわしい、より良い選択肢をご提案いたします。

講師には、ありとあらゆるその道のプロフェッショナルを多数そろえ、多種多様なレッスンをご用意しております。

お子様たちは、まずは自分が興味のあるクラスに自由に出入りすることができます。

その中から、特に才能がある生徒を講師たちが見つけ、スカウトいたします。

選ばれたお子様たちは、その道のプロとなるまで、当塾が徹底的に指導し、サポートいたします。

さあ、あなたのお子様はどんな才能を見出されるのでしょう。

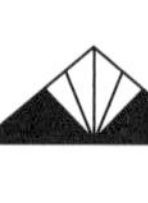

その1 塾のプロフェッショナルな講師たち

「決めた。やっぱりわたし、魔法使いになるよ！」

助手席にすわっていた橋本ユトリが、不意にさけんだ。

「いいんじゃないかな。ぼくも友だちに魔法使いの一人くらい欲しかったんだ」

後部座席にすわっていた礼司は、小学校の高学年にもなって、いきなりこんなことを言いだすユトリに対し、相変わらずぶっ飛んでるなと思いながらもおどろきはしなかった。

「何言ってんの？　礼司も一緒になるんだよ、魔法使い」

ユトリはのりのりで、後部座席にまで身を乗り出してくる。

ちょっと待て、それなら話は変わってくるぞ。

「どうかな、ぼくには荷が重い気がするけど」

「大丈夫、大丈夫、勉強だってスポーツだってなんだってだれより得意なんだから。

礼司もなれるって、魔法使い」

いやいや、そういうことじゃなくて。

「そうしたいのはやまやまなんだけど、魔法使いになるなんて、何をどうすればいいのか、ぼくにはまったくわからないよ」

「安心して。教えてくれる先生なら、もうちゃんと見つけてあるから」

ユトリはそう言って、にぎっていた携帯端末を礼司に差し出した。

端末の画面には『魔法教室　講師・南無バカボンド』とある。

「なむ……なんとかって、これが先生の名前なのか？」

「そうみたい」

ユトリはうなずいて白い歯を見せた。

これは怪しい、怪しすぎる。

礼司はユトリに気づかれないように、小さくため息をついた。

礼司とユトリは別の小学校に通っているが、母親同士が学生時代からの親友であり、お互いの家を頻繁に行き来する間柄なので、小さい頃からよく知っている。

ユトリは外見こそ、くりっとした大きな目が印象的でかわいいが、自由奔放で好奇心が強く、放っておいたら何をしでかすかわからない。

聞き分けがよくしっかり者の礼司は、同い年ながら、これまで何度もユトリの面倒をみさせられてきた。

先日もユトリの母親がたずねてきて、

「めずらしくあの子が塾に入りたがっているの。だから礼司くん、よろしくね」

といきなり言いだし、自動的に礼司もユトリと一緒にその塾に通うことになった。

ユトリのお目付け役だ。

塾の名称は『いっちょかみスクール』といった。正式な名前は別にあるらしいが、子どもたちからそのように呼ばれている。

そこは、さまざまなジャンルのさまざまな講師が千人以上も在籍し、子どもたちのありとあらゆる好奇心に対応する、デパートのような塾だという。「いっちょかみ」とは関西の言葉で、何にでも興味を持ち、首を突っ込みたがる人のことを指すらしい。

意味を知った礼司は、つい笑ってしまった。

そして今日は、そのいっちょかみスクールに入塾する日である。

スクールまではユトリの母親が車を出してくれた。

ユトリは最初にどのクラスへ入るか、車内でずっと迷っていたが、結局のところ出した答えが先ほどのあれである。

「いいんですか？」

礼司は、運転席からバックミラー越しにこちらを見ているユトリの母親に確認した。

「礼司くんの判断にまかせるわ」

いつものことだが、丸投げされてしまった。

魔法教室といっても、せいぜい知識としてのことだろう。

ほうきで空が飛べるようになるとか、杖の先から火の玉が出せるとか、そんなバカげたことができるようになるとは思えない。

講師の名前は奇妙だが、授業は意外とおもしろいかもしれないと、礼司は思い直すことにした。

「到着したわよ」

ユトリの母親は、駅前の路肩にゆっくり車を停めた。車のドアを開けるや否やユトリは外へと飛び出した。

「遅いぞ礼司、何やってんの？」

立ち止まって、少し離れたところから礼司に手招きしている。

「手続きはすませてあるから、あの子がバカをしでかさないよう、よろしくお願いね」

ユトリの母親は礼司に手を合わせた。

「では、行ってきます」

礼司はうなずくと、すぐにユトリの後を追いかけた。

スクールの入り口は、とある鉄道路線のガード下にあった。

二人が中に入ると、およそ塾らしくない明るくて広いロビーが広がっていたので、ちょっと面食らった。子どもたちがたくさんいる。

入ってすぐのところに、改札口みたいなものが見えた。

「あれ？　ここ、駅じゃないよね？　塾でいいんだよね？」

ユトリの言う通り、礼司も間違って駅の中に入ってしまったかと思った。しかし、迷うひまもないほどすぐに、制服を着た受付のお姉さんが二人のもとにやってきた。

「初めての生徒さんたちね」

「わかるんですか？」

ロビーにはほかにもたくさんの子どもたちがいるのに、どうして初めてだと気づかれたのかわからず、ユトリは目を丸くした。

「入り口にカメラがあって、セキュリティのための顔認証システムが取り入れられているってパンフレットにあったから、それじゃないかな」

礼司の説明に、受付のお姉さんは微笑みでこたえた。

「武井です。よろしくお願いします」

彼女は二人の目線までかがんで、首から下げた名札をかざすとペコリと挨拶した。

そこには『受付・武井麻里奈』とあった。

ハキハキとした愛想のいいお姉さんで、なんだか安心する。

「ぼくは津島礼司といいます。こちらは……」

「ハイ、ハ~イ。わたしは橋本ユトリです」

礼司にうながされたユトリは、元気よく両手を振った。

武井は手に持っていた携帯端末を手際よく操作した。

「津島礼司さんと、橋本ユトリさんですね。ありがとうございます。では、スクールのパスカードを作りますね」

確認が取れたのか、二人は武井に導かれ、小さなブースの中で順番に写真を撮ることになった。

真顔で写る礼司に対し、キメ顔のユトリは何事も楽しんでいるようだ。

証明写真の撮影が終わって十分もしないうちに、首に下げるためのストラップがついたパスカードが出来上がった。

武井は二人にパスカードをわたすと、二人を連れて先ほどの改札口のようなゲートに向かった。武井が駅の改札口を通過するような要領で自分のパスをパネルにかざすと、勢いよくゲートが開いた。二人もそれにならってゲートをくぐる。

その先は教室エリアだった。

内部は長いトンネルのようで、通路は生徒たちでごった返している。

元々は商店街があったところらしい。通路の両側に部屋がたくさんあり、その一つ一つが教室になっていると武井は説明した。

線路下の割に天井は思ったよりも高く、教室は二階建てになっていて、となりの駅に届くほど延々と続いている。

「なんだかうちの近所のアーケードみたい」

ユトリは目をキラキラさせた。

講師たちは通路に立ち、楽器の演奏やダンスパフォーマンスをしたり、小分けされたおいしそうな食べ物を配ったり、めずらしい道具や機械、図鑑でしか見たことのないような植物や動物を見せたり、クイズの書かれたパネルを並べて簡単なゲームをしたり、しゃべりもなめらかに、興味をひきそうなものを用意して生徒たちを集めている。さながら客引きをする縁日のテキ屋である。

人気のクラスだろうか、人が通路をふさぐくらいまであふれている場所がところどころにある。

「あれ、なんだろう？」

礼司の耳に、どこからか心地よい音色が聴こえてきた。

「猫美先生のピアノ教室ね。人気クラスの一つよ。今日はショパンの授業みたい。猫美先生は超がつくほど売れっ子のピアニストなんだけど、時間を見つけてはスクールに来てくださるの」

武井は聞くより先に答えた。

音楽関係は、特に人気の高いジャンルの一つで、バイオリンやフルートなどの教室もあるようだ。数も多いので教室を使う時間が細かく区切られている。

「あそこの行列は、なんですか？」

礼司が指差した。二階に上がる階段から、かなり長い列が続いている。

「あれは芝先生のクラスの順番待ちの列ね。都内の大学で数学の教授だった方なんだけど、三年前に大学を定年退職されて以来、ここで算数教室を受け持たれているの」

「そうなんですか……」

武井の話に、礼司は少なからず興味をそそられた。

「わたしは数学が苦手だったから、一度ためしに参加してみたの。芝先生の授業はおもしろくてわかりやすくて、あっという間に数学の世界に引き込まれてしまったわ。わたしのおすすめのクラスの一つよ」

二階の広いスペースがそのクラスにあてがわれているようだが、それでも希望者全員が一度に入りきれないので、入れ替え制になっているようだ。

「ところで二人は、どのクラスに参加するつもりなんですか？」

「もちろん魔法教室です」

ユトリが間髪を入れずに答えた。

ただ、もちろんってことはない。

「もしかして南無先生のクラス？」

「そう、そうです」

ユトリがうなずいた。

「人気クラスなんですか？」

武井の反応にちょっとおどろいて、礼司が聞いた。

千人以上いる講師の中で、名前がすぐに出てきたところをみると、よほど有名な人物なのではないかと思ったからだ。

「ええと、それはどうかな……」

答えにくそうに、武井の目が泳いだ。

彼女の反応からして、少なくとも行列ができるようなクラスではないようだ。

「かなりやばい先生だったりして」

礼司は、かまをかけてみた。

名前がすぐに出てきたことが、良い意味でなければ、そういうことだ。

「それは直接会って、自分の目で確かめるといいかな」

武井は、思わせぶりな言い方をして微笑んだ。

「いまの時間、魔法教室には入れますか？」

ユトリが聞いた。個別の時間割があるのかもしれない。

「スクールのアプリケーションはダウンロードしてありますか？」

武井が聞くと、二人はそろってうなずいた。

自分の携帯端末へ、事前にダウンロードしておくようにスクールから指示があったからだ。

そして各々、携帯端末を取り出した。

「先生方のスケジュールは、そのアプリで確認できるようになっています。……ええと、いまは教室にいらっしゃるようですね」

武井が自分の端末を操作して確認してくれた。

礼司も見様見真似でアプリを操作した。

「南無先生の教室は、この先のずっと奥、一番端っこの突き当たりみたいだな」

そのアプリを使えば、お目当ての教室がどこにあるか、いま自分のいる位置からどう行くかまでわかるようだ。

「じゃあさっそく、行ってきま〜す」

ユトリはそう言うと、もう用はすんだとばかりにいきなり走りだした。

「すみません」

礼司は武井に素早く頭を下げて、ユトリの後を追いかけた。

「おいユトリ、走るなって！」

魔法教室まではかなりの距離がある。

途中、礼司は目を疑うような光景を何度か見かけた。引退した大リーガーや、プライベートをまったく見せない往年の映画スターなどが普通に講師をしているのだ。

教室の中から楽しげな音楽が聞こえてきたり、鬼ごっこをしていたり……。魅力的なクラスがいっぱいあったが、めずらしいことに、ユトリは気を散らさずスクール奥へと真っ直ぐに突き進んでいった。

通路を進めば進むほど生徒の姿がみるみる減り、ちょうど半分を越えたあたりまで来るとほとんど見かけなくなった。教室の外観も明らかに見すぼらしい。

授業内容も、マンホールのふたの種類とか、セミのぬけ殻の見分け方とか、しだいにマニアックなものへと変わり、ひまそうにしている講師たちは、二人が教室の前を通っても、どうせここには来ないだろうと、あきらめムードで声をかけることすらしない。

そしてさらに進むと、通路自体もかなり薄暗くなり、床にはゴミのようなものが片づけられずに散らばっている。

これって、ちょっとやばくないか。

「この先に教室があるとは思えないんだけど」

不審に思った礼司は、先を行くユトリに声をかけた。

「なんで？　これこそ魔法使いが住むところって感じじゃないの」

礼司とは逆に、ユトリは期待に胸をふくらませているようだ。

通路は、最終的に物置のような場所になった。ときどき上を通る電車の音以外は何も聞こえない。ところどころに裸電球がぶら下がっている。

「さすがにこれは異常だよ。引き返そう……」

礼司がもう一度ユトリに声をかけた。

「あれじゃない！」

同時にユトリがさけんだ。

突き当たりの壁に小さな木製の扉があり、

『魔法教室　講師・南無バカボンド』

と、立て札があった。

「本当にあったんだ」

ユトリ自身も内心不安になってはいたようだ。

「それにしても、この扉、小さくないか？」

その扉は、子どもの自分たちがかがんでやっと入れるくらいの大きさしかない。

「とにかく入ってみよ」

ユトリは扉の取っ手を引いた。

鍵がかかっておらず、扉は簡単に開いた。

「ごめんください……」

分厚い扉を四つん這いになってくぐると、さらに薄汚いトンネルのような細長い通路が続いていた。そこになんだか怪しげなものや、汚らしいものや、くさいものが、所せましと置かれているため、それらを避けながら二人は奥へと進んだ。

「これこれ、まさに魔術師の部屋って感じじゃない」

「ああ、そうだね……」

ユトリはかなり興奮気味だったが、ほこりっぽいところが苦手な礼司は相当引いていた。

少し進んだ先に明かりがともった小さな空間がある。

どうやらやっと、魔法教室へたどりついたようだ。

大男がこちらに背を向けてすわっている。彼が南無バカボンドだろう。

「南無先生」

ユトリが声をかけたが、振り向かない。

「南無先生！」

今度はさけんだが、なんの反応もない。

いったいどうしたんだろうと、二人で正面に回り込むと、その大男は机の上に突っ伏してよだれを垂らしていた。

息はしている。死んでいるわけではないようだ。

「起こそう」

ユトリは大男を揺すってみたが微動だにしない。

「南無先生、起きてくださーい！」

耳元で何度かさけんでみたが結果は同じである。

「これでたたいてみよう」

どこから見つけてきたのか、ユトリは柄の長いハンマーを手にしている。

「さすがにそれは……」

礼司が止める間もなく、ユトリはハンマーを振り下ろした。

ガッツン！

すごい音がした。

「まだ起きないよ」

それでも目を覚まさない大男に、ユトリは口をとがらせた。

いまので気を失ったんじゃないのか？

礼司はそう思ったが、口には出さない。

「今日はダメみたいだね。日を改めよう」

礼司はあきらめて踵を返す。

正直な話、とっととこんなところからはおさらばしたい。

「あした来て、またこんなふうに寝てたらどうするの」

「この人だって、さすがに寝てばっかりってわけではないだろ」

「だれが寝てるって？」

その時、二人の背後から重たく低い声が響いた。

礼司があわてて振り向くと、目を覚ました南無バカボンドがゆっくり立ち上がるところだった。

ぼさぼさ頭はほぼ天井まで達し、このせまい部屋ではきゅうくつそうな大きくてぶ厚い体が、こちらにのしかかってくるようだ。

南無は、まるで武者修行でもしている格闘家のようで、うす汚れてすり切れそうな

MAGIC

古い道着を羽織っていた。

魔法使いのイメージとかけはなれている。

礼司はユトリが横で口をぱかんと開けて南無を見上げているのに気づき、すぐに自分の口を閉じた。

「ぼくらが入ってくると、先生がその机で寝てたので……」

「だから寝てないって」

南無は礼司の言葉をさえぎった。

「だってほら」

ユトリはすかさず机に広がるよだれの跡を指摘した。

「お、お茶をこぼしただけだ」

南無は、ぞんざいに机のよだれを自分の袖で拭き取った。

この人、あくまでしらばっくれるつもりだ。

「ああ、そうなんですね。すみません、ぼくらが勘違いしてました」

面倒くさいので、礼司はそう言っておいた。

「わかればいいんだ。わかればな」

そう言いながら、南無は天井すれすれにある自分の頭をしきりにさすっていた。ユトリがハンマーで思いっきりたたいた場所である。

やっぱり痛いんだ。

「それできみたちは何しにきたんだ？」

南無は最初にすわっていたイスにどっかと腰をおろした。

「もちろん先生に魔法を教えてもらうためです」

ユトリがすぐに答えた。

「魔法と言ってもいろいろあるぞ。具体的に何がしたいんだ？」

南無が前のめりになると、イスがギギィっと音をたてた。

「まずは空を飛びたいです」

いきなりやばいやつから言ったぞ。

礼司は絶句した。

「それね」

「できれば杖かなんかで火の玉を出して悪者をやっつけたり」

「まあ、そうだろうな」

南無は表情一つ変えない。

「例えばそういうこと、先生はできるんですか？」

これには礼司も、南無がどう答えるのか興味があった。

「もちろんできるとも。定番だからな」

できるのか！

南無の答えが予想外だったので、礼司は面食らった。

「見たい、見たい！　やって見せてください」

ユトリは興奮して飛び跳ねた。

「それはダメだ」

南無の返事は素っ気ない。

「なんでですか？」

ユトリは頬をふくらました。

「それはきみたちが、まだ魔法使いじゃないからな」

「どういうことですか？」

礼司が聞いた。

「魔法を使えない人が怖がるからだ。魔女狩りの話を知っているかな？」

「ずっと昔、魔術を使ったと思われる人たちが捕まってひどい目にあわされたって、どこかで読んだ気がします」

礼司が答えると、南無が言った。

「きみはなかなか博学のようだな。そう、だから魔法はこっそり使う。見られてもいいのは魔法が使える者同士。そういう決まりなんだよ」

南無は真顔で続けた。

「ここは入り口が小さかっただろ。わたしの体では出ていけない大きさだ。普通の人たちを怖がらせないために、自分自身で閉じこもっているんだ」

「そうなんですね」

うそっぽい話ではあるが、礼司はちょっとおもしろいなと思ってしまった。

南無先生はここで暮らしている設定なのか……。

「わたしにも、できると思いますか？」

ユトリが聞いた。

「それは才能と努力と運しだいだが、いまの話を聞いても魔法使いになる覚悟があると言うのなら、教えることはやぶさかではないぞ」

南無はそう言うと、懐から水晶玉を取り出した。

「まずは才能があるかどうか、見てやろう。このクラスに入りたいのなら、この玉に手を置いてみなさい」

「なんだかいきなり魔法っぽい」

ユトリは躊躇することなく水晶玉に手を置いた。

水晶玉の奥で、何かチカッと紫色に光った気がした。

「なるほど」

南無は目を細めて、自分のあごに手をやった。

「さあ、きみはどうする？」

今度は礼司の前に水晶玉を向けた。

「もちろんやります」

ユトリを放っておくわけにはいかない。

礼司も水晶玉に触れてみた。今度は光りはしなかったが、一瞬だけ水晶玉が手に吸いつくような感じがして鳥肌が立った。

「ほお、おもしろい」

南無はそう言っただけで、何がどうなのか説明しない。

「それで、わたしたちって魔法使いになれそうですか？」

ユトリがしびれを切らしてもう一度聞いた。

「そうだな。まずはこれにまたがって、体が浮かぶかどうかやってみろ」

南無は、先ほどユトリが使ったハンマーのようなものを差し出した。

「あっ、それ……」

「なんだ？」

思わずつぶやいた礼司に、南無はいぶかる。

「いえ、なんでもありません」

ユトリはそのハンマーを南無から受け取り、またがった。

「ええと……、それで?」

ユトリはキョトンとしている。

「自分の体が、空中に浮かぶよう念じてみろ」

南無はやけに太い腕を組むと、むだに大きな声で言った。

「念じましたけど」

当たり前だが、何も起こらない。

「力の入れ方が足らないな。全身に力を込めるんだ」

「こうですか?」

よくわからないまま、ユトリは拳をにぎりしめ歯を食いしばった。

「もっとだ!」

「んんん」

息を止めて足を踏ん張る。

「もう少しだ！」

「んんんん」

ユトリの顔は、耳まで真っ赤である。

礼司が、ちょっとバカバカしくなってきたころ、不意に南無がつぶやいた。

「できたじゃねえか」

えっ！

その途端に、ユトリが力尽きる。

「自分ではよくわからなかったけど、わたし、浮いてた？」

床にへたり込んだユトリは、期待を込めた目で礼司の顔を見上げた。

「いや、全然……」

礼司は正直に見たままを言った。

「まったく、素人はこれだから困る。しっかり見ていれば、宙に浮いておったのがわかったはずだぞ。二ミリ浮いてた」

「二ミリ!?」

南無のバカげた言い分に、礼司は思わず大きな声を出してしまった。

ちょっと信じられない。いやいや、たとえ本当だとしても、二ミリなんて普通のジャンプ以下だ。歩き始めの幼児だってもう少し高くとべるぞ。

「最初はそんなものだ」

それでも南無は至極当然だと、むしろ得意げな顔をしている。

「ごめん、さっきのもう一度やってくれないか？」

納得がいかない礼司は、ユトリに手を合わせた。

「すごいつかれるんですけど……」

そう言いながらも、ユトリは再び全身に力を込めた。

今度はちゃんと見えるように、礼司はユトリの足元にしゃがみ込み、南無の適当な説明に誤魔化されないように、しっかりと目を凝らした。

やがてユトリが汗だくになった頃――。

「そろそろだぞ」

礼司の背後から南無の声が聞こえたと思うと、ユトリの足元にトランプがひょいっと飛んできた。そのトランプは礼司の目の前で、ユトリの足の下をすっとすべるように通り過ぎた。

ええっ？

礼司は自分の目を疑った。

南無はトランプを次々と投げ続ける。それらは一枚たりともユトリの足に引っかかることなく、足の下をすりぬけて床に広がり散らばった。

これはユトリがずっと浮いていなければできない芸当である。

礼司は天井を見上げたが、上からユトリが吊り下げられている様子はない。

「もう限界」

ユトリが一息ついた途端、床に散らばったトランプがユトリに踏みしめられた。

「どうだ、納得できたかな？」

南無は得意げに礼司の顔を見つめた。

「そうですね……」

まだどこか手品のような感じはしたが、とりあえずはトリックを見破れなかったので、礼司はそれ以上余計なことは言わなかった。

しかし、確かに二ミリ浮いたかもしれないが、たった数秒間だけで、こんなにヘトヘトになってしまうのである。仮に自分にその能力が身についたとしても、礼司にはうれしいかどうかはなんともわからなかったが、ユトリはすこぶる上機嫌だ。

「今度は何をします？」

ユトリは興奮気味に聞いた。

「今日はこれで終わり。次からは、オレが指定したクラスへ行って技術を習得してくるんだ」

「えええっ、このクラスに入れてくれるんじゃないんですか？」

ユトリは期待外れの展開に眉をひそめた。

「オレのクラスがなぜスクールの一番奥にあるのか。それは究極のクラスだからだ。まずは入り口からいろいろ修行して出直してこい。話はそれからだ」

「ええええ〜」

ユトリはぶうたれたが、二人は追い立てられるように部屋から追い出された。

礼司は魔法が使えるようになるとは到底思いはしなかったが、なんだかちょっと楽しくなってきていた。

その2 奇妙なネコに導かれて

ユトリと礼司がスクールの通路まで這い出ると、一匹のネコが出迎えるように、古びた棚の上にちょこんとすわってこちらの様子をうかがっていた。

「あっ、かわいい！」

ユトリは、そのネコに抱きつこうと素早くつかみかかったが、ネコはするりとその手を避け、ナァーと一声鳴いて走り去った。

やるな。ユトリの手をすりぬけるとは。

ネコ好きのユトリは、ネコを捕まえるのがめっぽう上手い。それと決めたら電光石火、あっという間に近づき抱きかかえてしまう。そしてユトリに捕まったら最後、そのネコはしばらくこねくり回される運命なのだ。

「いまのネコ見た？」

ユトリは目を輝かせた。

「ああ、見たよ。ユトリが捕まえ損なうなんてめずらしいね」

礼司はうなずいた。

「そんなことより、どんな柄だったのかちゃんと見た？」

「確か、白と黒の柄だったと思うけど……」

礼司は記憶をたどった。

「黒の入り方がパンダみたいだったと思わなかった？」

「ええと、そうだったのかな……」

「そうなの！」

首をひねる礼司に、ユトリがかぶせ気味でさけんだ。

「絶対に捕まえて確かめる」

そう言うと、ユトリはもと来た道を走りだした。

ネコはあっさり見つかった。短い尻尾を立てながら、スクール内をわが物顔で歩き回っている。

「まさにパンダだな」

礼司は思わずつぶやいた。

ユトリが言っていた通り、そのネコは耳と目の周りが黒、お腹まわりが白で、首と四本の足はすべて黒、尻尾さえ黒くなければ色の配置がまるでパンダそのものだった。確かジャイアントパンダは漢字で『大熊猫』と書いたはずだ。じゃあ、パンダはネコの仲間？　いや、クマか。やっぱりネコがこんな柄だと、ものすごく違和感がある。

ユトリが近づくと、ネコはさっと体をかわす。ユトリは、何度かそのネコを捕まえようとチャレンジしたが、ことごとく逃げられ、ついに姿が見えなくなってしまった。

気がつくと、いつのまにか周りに人が増えていて、通路を入り口のほうまでだいぶ戻ってきてしまっていた。

「あれっ、あそこ」

礼司が通路の先を指差した。

受付の武井がこちらに向かって歩いて来るのが見えたからだ。しかもあのネコを抱きかかえている。

ユトリはすぐに彼女に駆け寄った。

「そのコって……」

「ああ、このネコは『ダーちゃん』っていうの。うちのスクールのマスコットよ」

ダーちゃんと呼ばれるそのネコは、武井の腕の中でゴロゴロのどを鳴らしている。

ユトリは頭をなでようと手をのばしたが、ダーちゃんにピッと爪でひっかかれてしまった。

「二人とも、南無先生に会えたみたいね」

「どうしてわかるんですか？」

礼司は武井に聞いた。

「それは、ダーちゃんがわたしのところへきみたちを連れてきてくれたからよ。南無先生から預かっている次の課題を、きみたちに渡さなくっちゃ」

「課題ですか？」

「そうよ。まずはある塾生を捜して、その子の悩みを二人で解決してあげるの」

武井はそう言うと、自分の携帯端末を操作して、ある少年のデータを表示させた。

名前は富田春矢とある。

「悩みを解決するといわれても……」

話が漠然としすぎだ。

礼司はあごに手をやった。

「難しく考えることはないわ。このスクールにはプロフェッショナルな講師たちが大勢いるんだから。その人たちに相談すれば、悩みなんてあっという間に解決しちゃうでしょ？」

武井はウインクして微笑むと、二人の端末にその少年のデータを送った。

「なんだかおもしろそう」

目を輝かせたユトリとは対照的に、礼司はため息をつきながら、少年のデータを読んだ。

顔写真を見ても、これといって特徴のない小学生である。

「まずは彼をどうやって見つけるかなんだけど……」

礼司が言ったその時、武井が抱きかかえていたネコのダーちゃんが頭を上げた。そして耳をぴんと立て鼻をクンクンさせた。

ナァーと一声鳴くと、ダーちゃんは武井の腕から音もなく下りて、通路のさらに先へ、教室エリアの入り口のほうに向かって歩きだした。

「もう捜す必要はないわね。ダーちゃんが、彼の居場所をかぎつけてくれたみたい」

「そうなんですか？」

武井が突拍子もないことを言いだしたので、礼司はぎょっとした。

「ダーちゃんについていけば、きっと富田君に会えるわ」

武井はそう言って、礼司の肩をたたいた。

「礼司、早くしないと、ダーちゃん行っちゃうよ」

ユトリがやきもきしている。

礼司は武井に聞きたいことが山ほどあったが、それはまた今度にすることにした。

二人がついて来たのを確認したダーちゃんは、早足になって、生徒たちの足元をすりぬけるようにずんずん進んでいく。ユトリと礼司はついていくのに必死だ。

ダーちゃんは教室エリアの入り口まで戻ると、さっとゲートをすりぬけ、ロビーへ駆けだしていった。そして、ちょうどスクールに入ってきたある少年の前でちょこんと腰を下ろした。

「……あの子じゃない？」

肩で息をしているユトリに、礼司はうなずく。

あの特徴のない顔は、まさにアプリで見たあの彼である。武井が言った通り、ダーちゃんは富田春矢のところに二人を案内してくれたのだ。

「ねえ、きみの悩みってなんなの？」

ユトリは彼につかつかと近づくと、単刀直入に切り込んだ。

「えっ？」

彼はなんのことかわからず、あからさまに引いている。

「富田春矢くんでしょ」

ユトリはさらに一歩前に詰め寄った。

「そっ、そうですけど……」

ユトリの圧に押され、春矢は後ずさりした。

「だったら、教えてよ、悩み。わたしたちが解決してあげるから」

「いいですよ。べつに……」

春矢は顔を背けた。完全にユトリから逃げようとしている。

礼司は頭を抱えた。

こうなって当たり前だ。圧倒的に説明が足らなすぎる。

「ごめん、ごめん。こいつ、何か勘違いしたみたいなんだ」

礼司はあわてて二人の間に割って入った。

ここは一度、全部チャラにして仕切り直すしかない。

「そうなんですか」

春矢のこわばっていた表情が少しゆるんだ気がした。

一方、ユトリは礼司の後ろで口をとがらせていたが、少しは察したのかだまっている。バトンタッチする気にはなったようだ。

「ぼくは津島礼司で、こっちの子は橋本ユトリ。ぼくらは今日ここへ入ったばかりで、勝手がわからなかったんだ。迷惑かけてごめん」

礼司は、春矢に頭を下げた。

「そんな、あやまらなくてもいいよ。ぼくもきのうが初日で、今日だって不安だらけだったんだ。おかげで、なんだか緊張がほぐれたよ」

春矢はそう言うと、控えめな笑顔を見せた。

彼の身長はそれほど高くない。ユトリと同じかむしろ低いくらいである。

「じゃあぼくらより一日先輩の富田くんは、どのクラスへ入ることにしたの？　参考までに教えてよ」

まずはその辺りから攻めて、彼の悩みについての糸口をつかみたい。

「実を言うと、まだどこのクラスにも入ってないんだ」

春矢はぼそっと答えた。

「そっか。確かに、こんなにたくさんクラスがあったら、たった一日じゃ決められないよね……」

礼司が調子を合わせたが、春矢は頭を振った。

「目当てのクラスはちゃんとあるんだ。知りたいこともいろいろあるんだけど、なんというかそのクラス、一人では入りづらくって……」

春矢の声はだんだん小さくなり、最後には聞き取れなくなった。

「もしかして、それが悩みなの～？」

ユトリが後ろから余計な口をはさんだ。

「答えなくていいから」

礼司は春矢に向かってひらひらと左右の手のひらを振った。

春矢は苦笑いすると、深いため息をついた。

春矢くんは初めて会ったひとに、自分の悩みをぺらぺらと打ち明けるようなタイプではなさそうだ。もう少し仲良くなってからだな……。

「よかったら、ついていこうか？　そのクラスに一緒に行ってみようよ」

礼司の申し出に、春矢の顔がぱっと明るくなった。

「いいの？」

「もちろん。これも何かの縁だと思うんだ」

礼司たちは、春矢と再び教室エリアへ戻ることになった。

ネコのダーちゃんはいつのまにか姿を消していた。

その3 人も物も見かけによらない

春矢の案内で、スクールの通路をまた奥深くまで入ってきた。そこは生徒の姿もまばらな不人気クラスゾーンである。

「あそこだよ」

春矢は少し行ったところで立ち止まり、その先にある教室を指し示した。

礼司は自分の端末で、その教室を検索してみた。

「なになに。古美術、骨董教室?」

見かけによらず、チョイスがしぶい。

意外に思った礼司は、春矢の顔をまじまじと見てしまった。

「この先生、おもしろそ～う」

ユトリは、講師の紹介画面に表示されている顔写真を見てケタケタ笑いだした。

何かと思い、礼司もその写真に視線を移した。

げっ！　『おもしろそ～う』どころか、めちゃくちゃ怖そうな先生じゃないか。

「なんていうか、かなり強面だろ」

春矢は小声で言った。

例えるなら、鬼ヶ島でヤクザの親分をしている、みたいな顔だ。

「確かに、このクラスは一人では入りづらいかも」

礼司も納得してしまった。

当たり前のように生徒はだれもいない。

「ちょっと、ユトリちゃん！」

春矢の声に、礼司があわてて顔を上げると、ちょうどユトリがその教室に入って行くところだった。

しまった。やつから目を離してしまった。

「ちょっと待っ……」

「たのも〜！」

止める間もなくユトリはさけんだ。

おいおい、こっちにも心の準備ってものがあるんだよ。

「なんだ？」

教室の奥から、鬼が顔を出した。

うわ！

礼司と春矢はそろって息を飲む。

実物は写真よりもっと強面で、桃太郎でも尻込みするレベルである。

「わたしたち、このクラスに入りたいんですけどいいですか？」

ユトリは物怖じもせず、すらすらと言った。

「ほお、めずらしい輩もいたものだ」

地を這うようなドスの利いた響き。声まで怖い。

しかしユトリは、それにひるむどころか、薄笑いさえ浮かべている。

「それで、何を学びたいのだ？」

「わたしはあまり興味ないんですけど～、春矢くんが」

ユトリは振り向いて、春矢に急に話を振った。鬼がギロリと春矢をにらみつけた。

「えっと、あの……、その……」

突然のことで、春矢はしどろもどろになっている。

「あわてなくても、取って食ったりはせんぞ」

鬼はそう言って豪快に笑った。

そして、見た目に反して気さくな調子で、

「骨董教室の教師で、古美術商の赤木六郎だ」

と、名乗った。

赤木が笑ってくれたおかげで、男子たちも少しは落ち着きを取り戻すことができた。

「あの、祖父の家にめずらしいお茶碗があって、その価値がわかったらいいなって思ったんです」

春矢は自分の希望を改めて赤木に伝えた。

「骨董の目利きになりたいということか？」

「いまのところは、うちのお茶碗がどんなものなのかわかれば十分なので、そこまでは考えていません」

「では、わたしにその茶碗を鑑定してほしいということかな？」

「図々しいお願いなんですけど、そうなんです」

春矢は恐る恐るではあるが、正直に答えた。

「それくらい造作もないことだが、現物はここに持ってこられるのかな？」

「写真じゃダメですか？」

「骨董の鑑定は現物なしでは話にならないぞ」

赤木は肩をすくめた。

「なんで～、先生はケチですか？」

怖いもの知らずのユトリは容赦ない。

「ケチで言っているわけではない。骨董品は価値があるだけに、偽物が存在するのだ。パッと見ではわからないほど精巧だからな。例えば……」

赤木はそう言うと、陶器や仏像などさまざまな骨董品が並んだ大きな棚から二枚の皿を手に取り、三人の前に戻ってきた。

「この二枚の皿だがな、一枚は百万円以上する骨董品で、もう一枚は五百円の価値もない最近作られた偽物だ。きみらにその見分けがつくかな？」

真顔に戻った赤木は相変わらず怖い顔で、その二枚の皿をテーブルの上に並べた。

「えええっ、ぼくには大して変わらないもののように見えるんだけど」

春矢が皿に顔を近づけて言った。礼司も、何をどう判断していいのかさっぱりわからない。

「こっちのほうが少しだけ古ぼけて見えるけど……」

でも、偽物もそんなふうにわざと汚してるって聞いたことがあるぞ。

ところが、

「こんなの簡単だよ」

ユトリはいきなり片方の皿をつかみ、頭上に振り上げた。それを見た赤木はびっくりしてイスから腰を浮かせた。

「先生の顔色から見ると、こっちが本物」

ユトリはその皿をテーブルの上にそっと戻した。

「なかなかやるな」

赤木はニッと口角を上げた。ユトリの答えはどうやら正解だったようだ。だが、そんなのはとても鑑定とはいえない。

「写真じゃダメなことはなんとなくわかりました」

春矢は、ため息まじりに言った。

「現物はもちろん重要だが、それをしまっている箱があればより確実に鑑定ができる。だから、箱もあれば持ってくるといいぞ」

赤木はそうつけ加えた。

「よかったじゃないか。その物を持ってくれれば鑑定してくれそうで」

骨董教室から出るとすぐに、礼司は春矢に声をかけた。

「でも、持ってくるのは無理なんだ」

「え？　お茶碗なんだからこれくらいでしょ。持ってくるのなんて簡単なんじゃない？」

　ユトリは片手で茶碗をつかむジェスチャーをする。

「大きさの問題じゃないよ。そのお茶碗は、おじいちゃんがいつも見えるところに飾って大切にしているから、勝手には持ち出せないんだ」

「わけを話したらいいんじゃないか？」

「それは……」

　春矢は礼司に何か言いたそうな顔をしたが、そのまま押しだまってしまった。ユトリがさらにたたみかける。

「もしもそのお茶碗がすごい価値があるって鑑定されたら、春矢くんのおじいちゃまだって大喜びするんじゃない？」

「そんなのは絶対にダメだ。ぼくはむしろ偽物であってほしい……」

「どういうこと？」

　ユトリは首をかしげた。

「お茶碗は、ぼくが割っちゃったんだよ」

「ええっ！」

ユトリと礼司は思わず顔を見合わせた。

「いまはなんとか裏からテープで貼りつけてあるけど、いつかおじいちゃんにバレるんじゃないかと思うと、気が気じゃなくて……」

春矢は、半べそをかいている。

「似たようなお茶碗は売ってなかったの？」

「あんなお茶碗、どこにも売ってないよ」

春矢はそう言うと、携帯端末で撮ってきた茶碗の写真をユトリと礼司に見せた。

一瞬、ダーちゃんかと思った。それは白地に穴のような二つの黒い模様が入った茶碗だった。白と黒のコントラストが不気味な骸骨のようでもあり、子どもの礼司が見ても、なんともいえない魅力がある。

「確かに個性的だね。そこら辺で買えるようなものには見えないな」

礼司が言うと、

「すごく高そう」

ユトリが追い打ちをかけた。

「ああ、どうしたらいいんだ」

春矢は頭を抱えながら、その場に崩れるようにしゃがみ込んだ。

「そうだ。きみたちは、ぼくの悩みを解決してくれるって言ったよね」

ふいに春矢が、すがりつくような目で二人を見上げて言った。

「やっと悩みを告白したか」

待ってましたとばかりに、ユトリはニヤッと笑った。

「わたしたちにドーンとまかせなさい」

おいおい、そんな安請け合いして大丈夫なんだろうな。

礼司は口まで出かかった言葉をなんとか飲み込んだ。

「そのお茶碗、春矢くんが割ったことはまだバレていないんなら、いまのうちに、だれかに罪をなすりつけちゃえばいいのよ」

ユトリは口の前に人差し指を立てて、小声で言った。

まてまて、いきなり悪巧みかよ。

「だれかって、だれに？　なすりつけられたほうは、たまったものじゃないぞ」

礼司は顔をしかめた。

「だれにって、それは、おじいちゃま本人にだよ。自分でやったんなら文句言えないじゃん」

「ダメだ。その案は却下する」

礼司は首を横に振った。

どうやるつもりなのか知らないが、どうせろくな方法じゃない。

「それより、まずは壊れたお茶碗と似たものを手に入れて、そいつとすり替えて本物を持ち出す。さっきの先生に鑑定してもらって同じものを探すにしても、こっそり修理するにしても、現物がないとどうしようもないからね」

「ぼくもそう思うよ。でも、似たものを探すと言ってもかなり変わったものだし、そっくりじゃないとすぐにバレちゃうと思うんだ」

春矢は不安げな表情を見せた。

「探すとは言ってないよ」

礼司は言った。

「どういうこと？」

春矢は首をかしげた。

「ないものは作るしかないってことさ」

「そうか」

春矢は自分の手をぽんと打った。

「なんだかおもしろそう」

ユトリも食いついてきた。

「やっぱり、作るとすると陶芸の教室かなあ」

春矢は自分の端末を操作しながら言った。

「もっといいものがあるよ」

礼司が言うと、

「なになに？」

ユトリと春矢が声をそろえた。

「3D(スリーディー)プリンターさ」

礼司(れいじ)は自分(じぶん)の端末(たんまつ)の画面(がめん)を二人(ふたり)に向(む)けてかざした。

『3D(スリーディー)プリンター教室(きょうしつ)　講師(こうし)・後藤進(ごとうしん)』とある。

「五頭身(ごとうしん)だって」

ユトリは変(へん)なところに反応(はんのう)して、いきなり吹(ふ)き出(だ)した。

その4 複製マシンの使い道

「あれ？」

3Dプリンター教室についたユトリは、講師の後藤を見てから、アプリでもう一度教室の位置を確認した。

「五頭身じゃない……」

「おい、やめろ」

ユトリに追いついた礼司は、ユトリをだまらせた。確かに、後藤は五頭身どころか、八頭身、九頭身はあろうかというほど、スラッと背が高い人物だった。

「きみたちも、うちのクラスの参加希望者かな？」

ユトリと礼司、春矢の三人に気づいた後藤が、こちらに向かって歩いてきた。

「はい、そうです」

不意に話しかけられ、礼司は思わず声が上ずってしまった。

「じゃあ、こっちへ来て」

後藤は、教室のすみに設えてある応接セットのほうへと三人を促した。

まだ三十歳前後の若そうな先生である。

小さなテーブルに二人掛けソファーと一人掛けソファーが二脚。二人掛けに礼司と春矢、一人掛けにはユトリがすわった。

3Dプリンターとは、立体物を印刷するように作り出す装置だ。

いままでは作りづらかった形のものも、3Dデータさえあれば簡単に再現できるので、将来、さまざまな分野で期待されている技術である。

子どもたちにとっては物めずらしく、クラスはとても人気がありそうなものだが、生徒の姿はまばらだった。

「意外と人が少ないんですね」

春矢が言った。

「いまはここにいないけど、受講生はたくさんいるよ。データを打ち込んだら後は機械まかせだからね。ここにいてもやることがないんだ」

言われてみれば、たくさんの機械がカタカタ音をたてて動いている。稼働数からすると、確かに生徒の数が少ないわけではなさそうだ。

「3Dプリンターでは、やわらかいものでも、透明のものでも、きみたちの想像力しだいでいろんなものが作れるよ」

後藤はそう言うと、いくつかの変わった置物をテーブルの上に並べた。

かなり精巧な人間のフィギュア、中の骨まで透けて見える恐竜のおもちゃ、履いても裸足に見える、足そのものの形の靴、家具までがちゃんと再現されている家のミニチュアなどなど。

「どうやって作るんですか？」

複雑な形をした細かい知恵の輪のようなオブジェを手にしながら、春矢が不思議そうに聞いた。

「一層ずつ樹脂を固めて積み上げていくんだ。実際に見てみるといい」

後藤は、教室で動いている一台の3Dプリンターに視線を向けた。

「すごい、すごい。これ、おもしろ～い」

ユトリは、3Dプリンターの中で立体物が下から少しずつ出来上がっていく様を見て、はしゃいでいる。

「それできみたちは、いったいどんなものを作りたいんだい？」

後藤は三人の顔を順番に見た。

「実はあるものをコピーしたいんです。できるだけそっくりに」

礼司が答えた。

「3Dプリンターにはまだ限界があるんだ。ある程度は本物に寄せられるけど、そっくりに仕上げるってことになると、後で手直しできるような素材で作る必要があるね」

「それで十分です」

春矢はうなずいた。

「それなら、まずは3Dセンサーでプリンターに入力するための立体データを取るから、あしたにでもその物をここへ持ってくるといい」

「え～。ここに持ってこいって、またそれかぁ～」

「何か問題でも？」

後藤は眉をひそめた。

「そうですね、ここに持ってくるのにはちょっと問題が……」

なんて言おう。

礼司はどう説明しようか迷った。

「まさか、拳銃とか、ナイフとか危険なものではないだろうね」

後藤は明らかに不審がっている。

「いいえ、そういう物騒なものではありません。ただ、その物が大きくて持ってこられないんです」

本当の理由を話すわけにはいかないので、礼司はとっさにうそをついた。

「ここの機械では、あまり大きいものは、実寸では再現できないよ」

「あ、いえ、かなり大きな陶器があるんですが、それと色と形がそっくりなミニチュアを作りたいんです。だから大きくなくていいんです」

礼司は、短い時間で頭をフル回転させた。

我ながら上手いこと誤魔化せたぞ。

「それなら、スキャンしたデータから縮小して再現すればいいね。そういうことなら、きみたちに3Dセンサーを預けてもかまわないよ」

「ありがとうございます！」

「ちなみに一つ提案なんだが、ついでに、あるものの立体データもスキャンしてきてくれないかな？　きみたちがやってくれると言うなら、この教室で一番高精度な業務用の機械を貸し出し、作るのにかかった費用もわたしが持とうじゃないか」

「もちろんやります」

礼司は後藤の提案を受け入れた。

そうだ、コストのことを忘れてた。これは願ったり叶ったりだ。

「では、スキャンのやり方を教えよう」

後藤はすぐに、取っ手のついた細長い箱のようなものを持ってきた。

どうやらこれが3Dセンサーのようだ。後藤は慣れた手つきで、それを小型パソコンにつないだ。

「端と端についたセンサーが同時に対象物をとらえることによって、立体データを得る仕組みになっているんだ」

後藤はためしに春矢を台の上に立たせ、しばらく動かないよう指示した。

後藤が3Dセンサーをかまえながら、ゆっくりぐるっと一回りする。それに合わせて春矢の立体データが小型パソコンの画面にだんだん取り込まれていく。このデータを3Dプリンターに送れば、春矢人形が出来上がるらしい。

「ありがとうございました」

一通り使い方を教わり、三人が3Dセンサーを預かって教室を出ようとした時、

「ちょっと待った。ついでにスキャンしてくるものを、まだ教えてないよ」

後藤があわてて呼び止めた。

「すみません、そうでした」

三人は苦笑いしながらすごすごと後藤の元へ戻る。

使い方を覚えるのに夢中で、すっかり忘れてた。

「それでぼくらはなんのデータを取ってきたらいいんですか？」

礼司は、後藤の顔をのぞき込んだ。

「いまから何時間か前、きみたちは通路であのパンダネコを抱いた女性と話し込んでいただろ」

「あっ、先生が欲しいのはダーちゃんのデータですね」

ユトリが先走って言った。

「相手はネコだからなあ。動かないでいてくれるかちょっと心配だね」

データを取られる間、身動きが取れなかったことが、春矢には苦痛だったようだ。

「寝ている時ならやれそうだけど……」

「いや、そうじゃない」

後藤が話をさえぎる。

「違うんですか？」

三人は改めて後藤の顔を見た。

「違う。その、ネコを抱いていた女性のほうだ」

「えっ？　武井さんですか」

「そう、武井くんだ」

なぜか後藤は、いま思い出したかのようにうなずいた。

「ところで、きみたちは彼女と親しいのかな？」

「ええ、まあ……」

ユトリはいぶかしげに目を細めた。

「それなら彼女に声をかけやすいんじゃないかな」

「もちろんできますけど、武井さんの人形を作って何をするつもりですか？」

ユトリは完全に何かを疑っている。

「彼女はこのスクールでも人気者だからね。みんなが顔を知っている人のほうが、3Dプリンターの再現度の高さをアピールできるだろう」

「ほんとにそれだけですか？」

春矢もおもしろがって一言つけ加える。

「きみたちは何かひどく勘違いしているようだが、わたしはあくまでも3Dプリンターの素晴らしさをだなあ……」

後藤先生、耳が真っ赤だ！

「もちろんわかっています。だから期待していてください」

こんなやりとりをしていても時間のむだなので、礼司は無理やり、話を切り上げた。

「きっとやばいこと考えているんだ。やましい気持ちがないなら自分で頼みに行けるはずだよ」

3Dプリンターの教室を出てしばらくしてから、ユトリがつぶやいた。

「女子はそういうことをすぐに言いだすから、自分からは言いにくいんだよ」

礼司はそう答えながら、後藤は武井のことが好きなんだろうなと思った。

またまたスクールのロビーまで戻ってきた。

受付のボックスに武井の姿が見えたので、三人は真っ先に向かった。

「あら、三人とも、もう仲良くなったのね？」

三人が近づくと武井がにっこり笑って言った。

「武井さんに、お願いがあるんです」

礼司は３Ｄプリンター教室であった事の顛末を、差し支えない程度に説明した。

「３Ｄフィギュアのモデルですか？　いいですよ、興味あります」

思いの外すんなりと武井は了承してくれた。

「いいんですか？　自分の分身みたいな人形をだれかに所有されたら気持ち悪くないですか？」

ユトリが余計なことを言いだした。

せっかく武井さんがやってくれるというのに！

「そうですね……。大丈夫です」

武井はちょっと考える素振りを見せてから答えた。

「いつもだれかに見られているような感じがして怖くないですか？」

こいつ、肝心の目的を忘れてる。

質問をたたみかけるユトリに礼司は頭を抱えた。

「どんとこいです。人はだれかに興味を持たれてなんぼですから」

武井はそう言って親指を立てた。

この人は絶対にモテる人だ。このスクールには後藤先生だけじゃなく、まだまだ彼女のことが好きな人であふれているはずだ。

礼司はつくづく思った。

「だけど……」

「はい、そこまで。武井さんはいつなら時間が取れそうですか？」

まだ何か言おうとしているユトリを礼司がさえぎった。

「もう少ししたら休憩時間ですから、三十分後なら大丈夫ですよ」

「スキャン自体はすぐに終わりますので、よろしくお願いします」

春矢も深々と頭を下げた。

「武井さんに断られて、後藤先生がへそを曲げたらどうするつもりだったんだ？」

少し離れたところで、礼司がユトリに一言注意した。

「ごめん、ついね」

ユトリがちらっと舌を出した。悪かったとは思っているようだ。

ロビーの壁際にあるベンチで待つこと三十分。約束通り武井はやってきた。

礼司たちは武井に、背筋をのばし両手を重ね直立不動のいかにも受付嬢らしいポーズを取らせてから、3Dデータを取得した。

「ちょっと地味じゃないかしら」

ところが、武井は出来栄えに不満があるようだった。

「こんなのはどう？」

武井はのりのりで、思いっきり胸を寄せたものからネコのポーズ、かわいいものからセクシーなものまで、次々とポーズを決め、そのたびに、データを取るよう要求してくる。こっちが照れるくらいだ。

礼司たちはロビーのすみでこっそりやって終わらせるつもりだったが、いつの間にか周りは人だかりになっていた。

「武井さん、そろそろ休憩時間が……」

時計を見ていた春矢が告げた。

「これで、お役に立てるかしら」

「十分すぎるくらいです。ありがとうございました」

礼司たちは、仕事に戻っていく武井の背中に頭を下げた。

結局、休憩時間をフルに使って、いろんな武井のデータが取れてしまった。

「これを見せたら後藤先生は大喜びするんじゃないかな」

春矢は帰る準備をしながら、3Dセンサーをバッグに押し込んだ。

「あの先生に渡すのは、最初に撮った、立っているだけのデータでいいんだよ。必要以上に喜ばせることはないの」

武井が知ったらがっかりしそうだが、ユトリの後藤に対する不信感はなくなっていないようである。

「ぼくも一つあればいいと思うよ。それであの先生は十分満足するんじゃないかな」

礼司は、どうでもいいことではユトリに逆らわない。

「せっかくデータを取ったのにもったいないなあ……」

春矢は心残りがあるようである。

「そんなことより、早くお茶碗のデータを取りに行こうよ」

ユトリはすでに頭を切り替えている。

「えっ、二人もつき合ってくれるの？」

「そりゃあそうでしょ」

ユトリは当然のような顔で、春矢の胸を勢いよく突いた。

「迷惑じゃなければだけど」

礼司は、すかさず足りない言葉をつけ加えた。

「迷惑だなんてとんでもない。一緒に来てくれたら心強いよ。告白すると、これから一人でどうやろうかと困っていたんだ」

ほっとしたのか、春矢は笑みをもらした。

「家までの距離は、ここからどれくらいあるのかな？」

礼司は肝心なことを確かめた。

「そんなに遠くないと思うけど……、歩いて三十分もかからないくらいだよ」

春矢は少し考えてから答えた。

「じゃあ駅前で自転車を借りよう。そのほうが早いし、できれば今日中に3Dデータを後藤先生に渡したいからね」

礼司は時計を見ながら時間を計算した。

いま、ちょうど三時を回ったくらいだ。3Dプリンターにデータを入力してから物が完成するまでもそこそこ時間がかかりそうだし、できるだけ早く動いたほうがいいだろう。

「善は急げだね」

ユトリはそう言うと、スクールの出口に向かって走りだした。

その5 半端ない屋敷

　スクールを出たすぐ脇に、シェア自転車の駐輪場がある。そんなに大きなサイズの自転車ではないから、サドルを目一杯下げれば、ユトリや春矢でも難なく乗れるだろう。レンタル料も、午後の六時までに返せば百円ですむ。

「じゃあ、ぼくについてきて」

　春矢の先導で、礼司とユトリも自転車のペダルを踏み込んだ。

　彼が言う通り、目的地までの距離はそれほどでもなかったが、町の高台にあったため、自転車で上るのは大変だった。

　カシの木が生い茂る神社を回り込み、急な坂道を上りきると、長く高い壁がずっと向こうまで続いている。

「ついたよ」

「ここが春矢くんの家？」

先を行く春矢に、礼司は問いかけた。結構なお屋敷である。

「ここはおじいちゃんの家。ぼくんちじゃないよ」

立派な門柱には物々しい雰囲気の監視カメラが二台、大型の車でも楽に通れそうな巨大な門扉には家紋が彫られている。

そして極めつきはやたらに大きい『富田組』の表札。

春矢は、自転車を降りて、門柱の高い位置にあるインターホンを背のびして押した。

『ぼっちゃんですかい？　いま開けますんで、少々お待ちを』

インターホンからすぐに返事があった。

「ぼっちゃんだって。おじいちゃまって、もしかしてお金持ち？」

ユトリが聞いた。

「どうかな。家は広いけど、一緒に住んでいる従業員の人たちの給料を払うのが大変だって、いつも言ってるよ」

大きな門が開くと、黒いスーツにサングラスをかけた、背の高い、がっしりした男が姿を現した。

「いらっしゃい」

「ヤスさん、こんにちは」

春矢は手を振った。

「後ろのお二人は、どなたですかい？」

「友だち。近くまで来たんで、おじいちゃんに挨拶していこうと思って」

春矢は簡単に説明する。

「そりゃあいい。どうぞ中へ」

ヤスは三人が通れるように、スッと身を引いた。

自転車をひいて敷地内に入ると、黒塗りの高級車が何台も並んでいる。

「あれ、ぼっちゃんが、お友だちを連れてくるなんてめずらしいですね」

屋敷に入っても、いかつい男たちが次々と現れては春矢に声をかけてくる。

どうやらこの人たちが、春矢くんが言うところの一緒に住んでいる従業員たちのようだ。なんの仕事かくわしくは聞かないでおこう。

「ねえ、おじいちゃまって、なんの仕事してるの？」

そう思ったそばからユトリが口走った。

「厄介な連中の相手をしたり、いろんなトラブルの処理をしたりしてるって聞いてるよ」

春矢がすんなり答えた。

「そうなんだ。わたしはてっきりヤク……」

「ああ〜っと、それで例のものはどこにあるのかな？」

ユトリがみなまで言う前に、礼司は強引に話をそらした。

「こっちだよ」

春矢は二人に手招きすると、長い廊下を歩きだした。

昔ながらの日本家屋である。礼司とユトリは、春矢の案内で中庭に面した縁側を渡り、畳敷きの大広間に出た。

「あれだよ」

春矢が指し示した方向、大広間の床の間に、その茶碗は飾ってあった。遠目ではひびすら入っているようには見えない。

「さっさと仕事をすませてしまおう」

礼司が小走りで床の間に向かった時、不意に反対側の襖が開いた。

「こんなところにおったのか」

「おじいちゃん！」

春矢の声がひっくり返った。

高級スーツを着こなした出で立ちから眼光鋭い顔つきまで、どこかすごみのあるこの老人こそ春矢の祖父で、あの茶碗の持ち主であった。

「おまえが来ておると聞いてな。家中を捜したぞ」

「ごめんなさい。今度入った塾でできた新しいお友だちに、中庭を見せようと思って……」

春矢の祖父は、ちょうど、茶碗の前に立ちふさがるようにして立っている。

どうしようか、これでは、お茶碗の3Dデータを取りようがない。

何かいい方法がないかと礼司は辺りを見回した。するとユトリと目があった。

ニヤッと笑い、自信ありげにうなずいている。

まずい。何かバカなことしでかすつもりだ。

礼司はユトリをつかまえておこうとあわてて手をのばしたが、ユトリはそれをすりぬけて、猛然と春矢の祖父目がけてダッシュした。

さては体当たりして……。

ユトリは春矢の祖父を茶碗のほうに転ばせ、自分で割らせたように見せかけるつもりだ。

ドカッ！

「どうした、お嬢ちゃん、畳に足をすべらせたかな」

ところがユトリの体当たりくらいでは春矢の祖父は微動だにしない。逆にはじき返されて、ユトリは畳に転がってしまった。

「すみません。こいつ、おっちょこちょいで」

肝を冷やして、礼司はすかさずあやまったが、春矢の祖父が機嫌を損ねた様子はない。

「ここまで自転車で上ってきたからのどがかわいてしまって。お友だちにも何か飲み物をもらってもいいですか？」

春矢が祖父に頭を下げた。

「そうだな、特別にうまいジュースがあるぞ。お嬢ちゃんも飲むかい？」

「飲む、飲む」

ユトリは、さっきの失敗はどこ吹く風ではしゃいでいる。

「じゃあ、すぐに持ってこさせよう」

「こぼすといけないから、ぼくらが食堂へ行きます」

携帯で、広い家の中のどこかにいるだれかを呼び出そうとする祖父を、春矢が止めた。

「そうだな、そのほうが早いか」

祖父がそう言った瞬間、春矢が礼司に目配せした。

なるほどね。

「すみません、その前にトイレを借りてもいいですか？」

「それならぼくが案内する」

春矢が手を挙げると、大広間から彼の祖父とユトリが何かしゃべりながら先に出ていった。

連携プレイが気持ち良くはまった。

「さあ、仕事をすませてしまおう」

礼司は春矢のバッグから3Dセンサーを取り出した。

武井のデータを何度もやり直したおかげで、センサーの使い方にも慣れ、茶碗の3Dデータを入力する作業は、スムーズに終えることができた。

礼司と春矢が急いで食堂に顔を出すと、春矢の祖父とその子分、もとい従業員たちがユトリを取り囲み、何やら楽しげに盛り上がっていた。

「ようやく来たか」

春矢の祖父が手招きすると、従業員たちがイスを二脚、すぐに運んできてくれた。

「いったいみんなでなんの話をしていたの？」

春矢は席につくと、笑顔のみんなを見回した。

「それがなあ、このユトリちゃんは、わしらのことをヤクザの一家だと勘違いしていたらしいんだ」

春矢の祖父は、自分のあごに手をやりながらしゃべっているうちにまた吹き出した。

えっ、違うの？

礼司は顔にこそ出さなかったが、結構びっくりした。

「おまえらの人相が悪いからそう思われるんだぞ」

ヤスがほかの従業員たちに言った。

いやいや、ヤスさんだって十分そうです。

「そろそろ帰らないと。自転車を返す時間に間に合わなくなるよ」

礼司はユトリを急かした。時計は午後五時を回っている。六時までに自転車を返さないと、追加料金を支払うことになる。それに、後藤に早くデータを渡したい。

春矢の祖父と従業員たちが、門の外まで見送ってくれた。

行きが上り坂だっただけに、帰りは自転車にまたがって、ただ下るだけだ。

「ちゃんとデータは取れたんでしょうね？」

先頭のユトリが風に髪をなびかせながら、だれとはなしに聞いた。

「ぬかりはない」

礼司がすぐに答えると、ユトリの笑っている横顔が後ろから見えた。

「みんな前！」

突然、一番後ろにいた春矢が大きな声を出した。

礼司があわてて正面を向くと、坂を下る三人の自転車の前を、何かが猛スピードで横切った。

キイイイイッ！

全員がブレーキをかけ、自転車を急停車させた。すると、道路ぞいの家の生け垣にとび込んでいく小さな影が見えた。

「なんなんだ？」

すぐに礼司が二人に問いかけると、

「いまのダーちゃんじゃなかった？」

ユトリが言った。

「え？　ダーちゃんって、あのスクールのネコ？　さすがに、ここまでは来ないだろ」

確かに白と黒の模様が入ったネコっぽかったけれど、ここからスクールまではかなり距離がある。

礼司は頭を振った。

「ああ」

その時、春矢が変な声を出した。

「どうした？」

「自転車のタイヤが……」

春矢の自転車のタイヤからシューッと空気がもれる音がしている。どうやらパンクしたようだ。見ると、道路に割れたビンのかけらのようなものが落ちていた。

タイヤの空気はどんどんぬけ続け、とうとうぺったんこになってしまった。

礼司はすぐに携帯端末を取り出し、自転車修理のお店を検索したが、近くには一軒もなかった。

スクールのある駅前まで戻れば自転車屋があったはずだ。結局そこまで自転車を押していくしかなさそうだ。

「この自転車はぼくが押していくから、二人はスクールに戻って、3Dデータを届けてくれ」

礼司が言った。

「ぼくが乗ってた自転車なんだから、ぼくが押していく。悪いけどデータは二人にまかせるよ」

春矢はそう言って、ユトリの自転車のカゴに自分のバッグを押し込んだ。

「じゃあぼくもつき合うよ。データはユトリにまかせよう。できるよな？」

「なめてんの？」

ユトリは頬をふくらませながら、スーッと坂道を下って先に行った。

残された男子二人は、自転車を押してトボトボと歩きだした。

「追加料金が二台分になっちゃうから、礼司くんも先に行ってくれてかまわなかったのに」

「まあいい。壊れた自転車を一人で押して帰るのは、おもしろくないからね」

礼司は肩をすくめる。

「礼司くんっていいやつだね」

「よく言われるよ」

礼司は深いため息をついた。

下り坂が終わり、二人は大通りまで戻ってきた。ここからスクールまではまだかなりある。

「ぼうずたちパンクか？」

二人の横を通り過ぎた一台のバイクが急停車すると、運転していた男が振り返って言った。

「はい、そうです」

春矢がうなずいた。

「駅前のシェア自転車か……。このまま持っていったら、バカ高い修理料金を取られるぞ」

男はバイクのスタンドを素早く立てると、ヘルメットとゴーグルを外し近づいてきた。なんだかしぶくてかっこいいおじさんである。

「何か踏んだか？」

「割れたビンか何かじゃないかと思うんですけど」

春矢が答えた。

「見せてみろ」

男はパンクした自転車のタイヤを丹念に調べ始めた。

「これだな」

しばらくしてから、男は何かを爪で引っ掛けてタイヤから引きぬいた。それは三角形にとがった、小さなガラスの破片のようだった。

「こいつを放置しておくと、タイヤの中のチューブを突きぬけて穴が二つになるから、修理代が倍になるんだ」

なるほど。

礼司は感心してしまった。

「ちょっと待ってろよ」

男は自分のバイクのところまで行き、くくりつけてあったズタ袋から工具箱らしきものを取り出して戻ってきた。そしてそのまま地面にすわり込むと、春矢の自転車のタイヤを手際よくめくり、中からチューブを引っぱりだした。

「まだ突きぬけてはいねえようだな」

男はチューブの穴を確認してから、そこをふさぐように黒い絆創膏みたいなものを貼りつけた。それからチューブをタイヤの中に戻し、携帯用の空気入れで空気を入れた。これなら元通りに走れそうだ。

「直ったんですか?」

「多分これで大丈夫だろ」

男はうなずいた。

おどろいたことに男は自転車の修理に十分もかけていない。しかも修理代も取らず、男はそのまま自分のバイクにまたがり発進させた。

「ありがとうございます！」

礼司と春矢は二人そろって、男の背中に頭を下げた。男は片手を上げただけで振り向きもせず、エンジン音を響かせながら走り去った。

手早く修理してくれたおかげで、自転車を返す時間にも間に合ってしまった。

「簡単に物が直せるのってかっこいいね」

春矢がつぶやいた。礼司も同じことを考えていた。

駐輪場から小走りでスクールに向かうと、ちょうどユトリが出てくるところだった。

「あれ、もっと遅くなるかと思ってた」

「それより、3Dデータはちゃんと渡してくれたか？」

礼司は少し不安だった。

「当たり前じゃん」

ユトリはそう言いつつ、目をそらした。

「武井さんのデータもか？」

礼司は、ユトリのそらした視線をのぞき込むようにしてきいた。

「もちろん渡したよ。最初に取った地味なの以外は全部削除しておいたけどね」

ユトリはそう言うと、勝手に吹き出した。

まあ、なんとか一つ残してくれただけで十分である。

「あの先生、コピーができるのはいつだって言ってた？」

春矢が確認すると、すぐにユトリは答えた。

「あしたのお昼ごろだって」

端末の時計を見ると、そろそろ親たちが迎えにくる時間である。

「じゃあ今日は、お開きとしようか」

礼司はスクールでの長い一日をそう締めくくった。

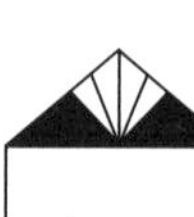

その6 ガレージにて

「完成したお茶碗のコピーを受け取ったよ」

学校にいた礼司の携帯端末にユトリから連絡が入ったのは、まだお昼をちょっと過ぎたばかりの頃だった。

あいつの学校はどうなっているんだ？

礼司とユトリは通っている学校が異なるので、授業の進め方も時間割も違うが、それにしても早い。

放課後、礼司がスクールへ駆けつけると、ロビーのベンチで待ちくたびれたユトリが足をトントンと鳴らしていた。

「遅いな、もお」

ユトリは顔を見るなり口をとがらせたが、礼司は弁解しなかった。別に遅くないからだ。

「それで、例のものは、どんな感じに仕上がった?」

「少し手を加えたけど、まあまあなものができたと思うよ」

ユトリは後藤から受け取ったコピーを、さらに食品サンプル教室や、ミニチュア模型教室の先生のところへ行って、色を塗ったり質感を調整したりして、それらしくは仕上げたようだ。

「そうなのか……」

礼司も現物を確認したかったが、少し前に来た春矢がすでに持っていったようだ。

「今度また、春矢くんのおじいちゃまの家に遊びに行けば見られるよ。そうそう、本物のほうの割れたお茶碗を直す、いい手を思いついたよ」

ユトリが、魔法の杖を振るようなジェスチャーをしながら言った。

「南無先生に頼むつもりか?」

礼司はすぐにわかった。

「そう。魔法使いなんだから割れたお茶碗くらい一瞬で直せるでしょ」

ユトリはニヤリと笑った。


「ああ、できるぞ」

二人が魔法教室に行くと、南無はすぐにそう答えた。

「ほら、やっぱり」

ユトリは笑顔で礼司のほうを振り向いた。

それから礼司が、春矢と割れた茶碗の顚末を南無に説明した。

「おまえらは、その茶碗をオレの魔法で直せっていうのか？」

「そうそう、それです」

ユトリがうなずいた。

「そりゃあ、ダメだろ」

「そもそも春矢くんを助けろって言ったの、先生なんですけど。それくらいのこと、やってくれてもよくないですか？」

ユトリは南無に食ってかかった。

「いや、それが課題なんだから。オレがやったんじゃ意味ないだろ」

南無は肩をすくめた。

「南無先生、本当はそんな魔法を使えないんじゃないですか？」

ユトリは疑いの気持ちを込めて目をすぼめた。

「バカを言うな。それくらい造作もないわ」

そう言うと南無は、手元に置いてあった魔法陣のような謎の柄が入ったマグカップをわざと床に落とした。次の瞬間、そのマグカップは音をたててぱかっと二つに割れた。

南無はすわったまま手をのばして、床に落ちたマグカップの残骸を拾い集めると、机の上に置いた。

「見てろよ」

南無に言われた通り、ユトリと礼司はその残骸に目を凝らした。

「なんだ、あれは！」

南無は不意に立ち上がってそうさけぶと、二人の背後を指差した。

「えっ？」

ユトリと礼司はびっくりして、とっさに振り返った。

すると、背後にある汚れた棚の上を大きな虫がごそごそと移動していた。

「わっ！」

虫嫌いのユトリが悲鳴をあげた。

「クモですね」

礼司が冷静に言った。

「そのようだな」

南無はそう答えて再び腰を下ろすと、視線を机の上に戻した。

「あっ！」

南無につられて机の上を見ると、割れたマグカップがいつの間にか元通りに直っていた。

「すごい、すごい」

ユトリは手をたたいて喜んでいる。

いや、どう見たってすり替えたんだろ。

「とりあえず、その茶碗は、おまえたちが魔法を使えるようになったらちゃんと直せばいいんじゃないか」

南無はしらじらしくそう言った。

「そうします」

礼司はそう答えておいた。


魔法教室から二人が這い出すと、ユトリの端末にメッセージの着信があった。

「春矢くんから。お茶碗は無事にすり替えたって。本物のほうを持ってスクールに戻ったってさ」

ユトリはすぐに礼司に伝えた。

「じゃあ、骨董教室で落ち合おう」

割れた茶碗を鑑定してもらうのだ。

「赤鬼のところね」

ユトリが変なあだ名をつけている。どうやら骨董の先生、赤木のことのようだ。春矢にそのように返信すると、礼司とユトリはスクールの薄暗い通路を骨董教室に向かって歩き始めた。

さて、どんな判定が下るのだろうか？

あれだけの立派なお屋敷に住んでいる人が大切にしているものである。ありふれたつまらないものではないような気がする。

「わたしの知る限り、大したものではないな」

ところが、赤木の答えは素っ気ないものだった。

「そうなんですか？」

ユトリは納得がいかず、身を乗り出した。

「ああ。だれかが趣味でやっているような作品かもしれない」

赤木はそう言ってうなずいた。

「なんだ。おじいちゃんが大切にしているから、すごく価値のあるものかと思ってた……」

春矢は拍子ぬけしたようにつぶやいた。

「わたしが言ったのは、不特定多数の人間が欲しがるかどうかということであって、きみのおじいさんにとっては価値があるものなのだろう」

「それはそうですね……」

春矢はそのまま押しだまってしまった。

「よかったじゃん、ものすごく高いものじゃなくって。春矢くんの希望通りでしょ？」

ユトリは、元気のない春矢の肩を強めにたたきながら言った。

「それはそうなんだけど……」

「もう、『割っちゃいました。てへ』ってあやまっちゃえば？」

ユトリは舌を出した。

「いや、大切にしていた理由が、高価なものだからじゃなかったってことは、それだけお茶碗への思い入れが強いってことだろ。余計に怖いのかも」

礼司が春矢の気持ちを代弁した。

ややあって、春矢が口を開いた。

「最後にはあやまることになると思うけど、ぼくはこのお茶碗を直せるものなら直したいと思う。ここのスクールにそれができる先生はいないのかな？」

「それなら、ここへ行ってみるといい」

赤木が自分の端末を操作してから、画面をこちらに向けた。

「なになに……」

礼司は目を走らせた。

講師の顔写真の下に『自動車修理教室　講師・佐野一馬』とある。どこかで見たような顔だ。

「専門は自動車修理だが、手先が器用な男でな。電化製品だろうが、折れた鍵だろうが、何かを直したいなら、まず彼に相談するといい」

赤木はその人物のことをよく知っているようだ。

「あれ、この人ってきのうの……」

顔写真を見た春矢がつぶやくと、礼司もはっとなった。

「そうそう、あっという間にパンクを直してくれたあの人だ！」

確かに、きのうの手際の良さを見れば、割れた茶碗でもなんとかしてくれそうな気がする。

「さっそく行ってみます」

礼司たちは赤木にお礼を言うと、自動車修理教室へ向かった。


「ガレージみたいだな」

端末の案内に従って礼司たちがたどり着いたそこは、魔法教室とは対照的な、トラックでも入れそうなほど大きな扉の教室だった。

少しだけ開いた扉のすきまから、三人は教室の中に入った。

機械油のにおいが充満する教室の中は、思った以上に広く、どうやってここに入れたのか、古びた車が二台置いてあった。

壁にはピカピカに光る大きな工具が、ディスプレイされているかのようにいくつも並び、教室の奥にはごつい工作機械やさまざまな車のパーツなどがうずたかく積まれている。

「へええ」

礼司はつい声をもらした。

男子たるもの、こういう秘密基地の格納庫みたいな部屋には憧れがある。

「まだ、来てないのかな」

春矢は室内を見回したが、人影はなかった。

「すみませ～ん、だれかいますか！」

ユトリが声を張り上げた。

ガタッ、と足元で音がした。

「悪い。ここだ、ここだ」

修理をしていたのだろうか、寝板と呼ばれる、キャスターつきの板に寝そべったツナギ姿の男が、ガラガラと音をたてながら車の下から顔を出した。

やはりこの人で間違いない。彼がこの教室の主、佐野一馬だ。

「きのうはパンクを直していただき、ありがとうございました。おかげさまで追加料金を支払うこともなく無事に自転車を返せました」

礼司と春矢は、そろって一馬に頭を下げた。

「そりゃあ良かったな」

一馬は車の下から這い出てくると笑顔を見せた。

「このボロ車って走るんですか？」

一馬が修理していた車を見ながら、ユトリが突然無遠慮に聞いた。

「もちろん走るさ。いずれ新品みたいにピカピカになる。今度見たらビビると思うぜ」

一馬はそう言って親指を立てた。

「あの、先生は自動車だけでなく、なんでも直せるって骨董教室の赤木先生からうかがったんですが……」

修理に戻ろうとする一馬を、春矢が呼び止めた。

「さすがになんでもってわけにはいかないが、車ってのは、あらゆるものの集合体なんだ。だから直せるものは自ずと多くなるかな」

一馬は言った。

確かにそうだ。車は、エンジンなどの機械部品から、コンピュータなどの電子パーツ、カーペットや革張りのイスにオーディオセットなどなど、なんでもできないと直せないのかもしれない。

「ぼく、おじいちゃんの大事なお茶碗を、不注意で割っちゃったんです。きれいに直すにはどんな方法があるか、よかったら教えてもらえませんか？」

「陶器なら専用の接着剤でいけるはずだろ」

一馬はさまざまなものが置いてある棚に向かい、工具箱をさぐり始めた。

「それ、いま持ってるのか？」

何やら見つけたらしい一馬が、三人を手招きした。

「このお茶碗なんです」

春矢は、先ほどすり替えてきたばかりの割れた茶碗を一馬に手渡した。

「これなら……、ん？」

茶碗を見ていた一馬の手が不意に止まった。

「どうかしました？」

春矢は心配そうに一馬の顔をのぞき込んだ。

「こいつはじいさんの大事な茶碗だって言ったよな？」

「はい」

春矢はうなずいた。

「もしかすると、そのじいさんの名は富田謙蔵じゃないのか？」

「はい、そうです！」

自分の名前でさえまだ名乗ってないのに、祖父の名前を言い当てられて春矢はおどろいた。

「こりゃあ傑作だ」

一馬はそう言うと、声を出して笑った。

「どういうこと？」

ユトリの問いに、春矢は肩をすくめることしかできなかった。

「悪い、悪い」

ようやく治まったのか、一馬が片手を上げた。

「先生は、何がそんなにおかしいんですか？」

「こいつを割ったのはきみじゃない。このおれなんだ」

状況が飲み込めない春矢に向かって、一馬はとんでもないことを言いだした。

「そんなはずないです。ぼくがランドセルで引っ掛けて倒したから割れちゃったんです」

春矢は頭を振った。

「そいつは最近の話だろ？」

一馬が言うと、だまったまま春矢はうなずいた。

「おれがこいつを割ったのは、きみが生まれるずっと前の話だ。きみのじいさんがその当時に接着剤ででもくっつけておいたんだろ、もうだいぶたつから、ちょっとしたことではずれてしまったんじゃないか」

一馬は感慨深げにその茶碗をながめた。

「先生はいったい何者なんです？」

ユトリが聞いた。

「そうだな、簡単に言うと、そのじいさんの一人目の息子だよ。多分そこのきみの伯父さんってことになるか」

一馬は鼻で笑ってから、春矢を指差した。

「ぼくに伯父さんがいるなんて聞いてない……」

一馬の話に、春矢は少なからずショックをうけたようだ。

「仕方ないさ。おれがきみのじいさんと縁を切ったのはずいぶん昔のことだからな」

一馬はサバサバした調子で言った。

「なんでそんなことになっちゃったんですか？」

ユトリは興味津々で、遠慮がない。

「家にあった、あいつの大切なものを、あいつの留守中に全部ぶち壊してやったからな。『出ていけ』ってお決まりのやつさ」

一馬は腕を組んで楽しそうに言った。

「もしかして、このお茶碗もその時に？」

礼司は、はっとして聞いてみた。

「そうだ。こいつはあいつ一番のお気に入りでな。割れたのを見つけた時のあいつのぼうぜんとした顔、いま思い出してもスカッとするね」

「先生は、なかなかの悪人ですね〜」

ユトリは目をすぼめた。

「おふくろが交通事故で死んだ時、あいつは、自分がひいきにしていたロック歌手の海外ツアーにのこのこついて行って、ずっと連絡が取れなかったんだぜ。それくらいされて当然だと思わないか？」

「うわ。春矢くんのおじいちゃまもなかなかですね〜」

ユトリは苦笑いした。

「この茶碗は、そのロック歌手、ジョージ・フーリガンってやつが自分で焼いた代物らしい。お気に入りのファン数人にだけ、自ら配ったそうだ。何度も自慢されてたからな、壊すのにちょうどいいターゲットになったわけさ」

佐野は母方の姓で、その一件以来、一馬はそう名乗っているらしい。

「ジョージ・フーリガンって、かなり有名な人ですよね？」

ジョージ・フーリガンは、若い礼司でもいくつも曲を知っているくらいの伝説のロックスターだ。もうかなりの年齢のはずだが、いまでもコンサートを開けば何万人ものファンが押しかけると聞く。

「さあね、おれは興味ないけど」

一馬は肩をすくめた。

「そういえば、その人のコンサートが、もうすぐあるっておじいちゃんが言ってたよ」

春矢は、ふと思い出したかのように言った。

「あいつもいい歳だろうに、まだ追っかけみたいなことしてるのか？」

一馬は眉をひそめた。

「おじいちゃんはもう追っかけじゃなくて、そのコンサートを仕切ってるんだ。最初はその人に頼まれて始めたそうなんだけど、いまではここら辺で行われるほかのタレントさんの企画やら警備やらも手伝って、結構大きな会社になっているんだよ」

「へえ、そうなんだ」

春矢が説明したが、一馬は興味なさげによそ見をしている。

「で～、そのお茶碗はどうするの？」

ユトリが話を元に戻した。

「この茶碗はおれが割ったんだから、きみらが気に病むことはないだろ」

一馬は言った。

「それもそうね。じゃあ、これでお悩み解決じゃないの？」

ユトリは春矢の顔をのぞき込んだ。

「ええと、そうなのかな……」

春矢の表情はさえない。

「これで解決したの！」

ユトリは勝手に決めつけた。

「こいつはどうする？」

一馬は、割れたフーリガンの茶碗をかかげた。

「一応、ぼくが預かります」

春矢はフーリガンの茶碗を受け取ると、自分のバッグへ大事そうに押し込んだ。

「じゃあさっそく、南無先生のところへ報告に行こう～」

意気揚々と手を前に突き出しながら、ユトリは早々と通路へ出ていった。

本当にこれでいいのか？


「いいわけないだろ」

南無の答えはにべもなかった。

「わたしの説明、ちゃんと聞いてました～？」

しかし、ユトリは引き下がらない。

「聞かずともわかる」

「えっ、それもテレパシー的な魔法ですか？」

ユトリはキョトンとしている。

「魔法など必要あるか。彼の浮かない顔を見れば、悩みがまだ解決していないことぐらい一目瞭然だろうが」

ユトリと礼司についてきた春矢の顔を見て、南無はため息をつく。

「悩み、解決してないの？」

ユトリはバッと春矢に振り返った。

「うん……」

春矢は口ごもる。

「なんでよ？」

「それは、あの割れた茶碗から、もっと大きな問題が出てきたからなんじゃないのかな」

礼司は春矢の思いを代弁した。

ややあってから、春矢は語りだした。

「今日、ぼくに伯父さんがいるなんて初めて知ったし、もちろん、おじいちゃんと喧嘩して伯父さんが出ていったことも知らなかった……」

「それで春矢くんはどうしたい？」

礼司は春矢に聞いた。

「おじいちゃんのことはちょっと怖いけど大好きだし、伯父さんのことはまだよくわからないけど、とってもいい人のように感じた。だから二人には仲直りしてほしい」

「そうだね。でもこれは茶碗を直すよりもずっと大変かも」

礼司は頭をかいた。

「え〜。じゃあ、まだ魔法教室には入れないの〜？」

ユトリは口をとがらせた。

その7 喧嘩上等

家に戻った春矢が、祖父の謙蔵と伯父の一馬のことを父親の直人に確かめると、もう少しくわしく聞くことができた。

若い頃から謙蔵は、ロックスターであるジョージ・フーリガンの熱狂的なファンで、その追っかけ活動を何よりも優先していた。

フーリガンのコンサートがあればどこへでも駆けつけ、彼の関連グッズはなんでも買いあさり、家の中はそれらの物であふれていた。

やがてファンの中でも一目置かれることになった謙蔵は、謙蔵の父が地元の興行の元締めをしていたこともあり、フーリガン本人とも直接交流できるようになった。

フーリガンの個人的なパーティーに招待され、コンサートで使用した衣装や楽器など特別なプレゼントももらっている。

フーリガンが焼き物にはまったのも謙蔵の影響によるもので、例の茶碗は、その頃、彼から受け取った。

そんなやりとりを続ける中で、謙蔵のフーリガン熱はますますエスカレートし、家庭をまったくかえりみなくなった。

謙蔵は仕事を放り出してフーリガンのツアーに同行し、何日も家に帰ってこないことが普通になった。

ある時、謙蔵は家族の猛反対を押し切り、半年以上続くアメリカツアーへ旅立った。だがその後、悲劇が起こる。謙蔵の妻であり、一馬と直人の母である静子が交通事故で亡くなったのだ。

勝手に出ていった後ろめたさから連絡先すら教えていかなかった謙蔵が妻の死を知ったのは、死後一週間ほどたった帰国当日であった。

当時、高校生だった一馬が激怒したのも当然である。一馬は家にあったフーリガン関係のものはすべて破壊し、庭で焼き、そのまま出ていった。

以来二人は、何十年もの間、なんの交流も持たなかったという。


「どうすればいいと思う？」

スクールのベンチで待ち合わせた春矢が、礼司とユトリの顔を順番に見た。

「そうだな……」

礼司が深いため息をついた。

聞けば聞くほど、二人を仲直りさせるのは途方もないことのように感じた。

「わたし、考えたんだけど、一馬先生が家を出たのって十五歳の時でしょ。その頃とはもう顔も変わってるだろうから、お互い、それとは伝えずに会わせて、先に仲良くさせちゃうってのはどうかな？」

「いったいどうやって？」

ユトリの提案に、春矢は興味を示した。

「春矢くんの誕生日会とか開いて、二人に招待状を出したらどう？」

「ぼくの誕生日は、まだずっと先だよ」

春矢は大真面目に答えた。

「ピアノの発表会があるとか、そこはなんだっていいんだって」

「いや、そこは肝心だよ。親子なんだから、何十年たとうがお互いの顔がわからないってことはないと思うけど、まず二人を会わせないことには話が始まらないからね」

礼司は言った。

「おじいちゃまは、一馬先生のことをどう思ってるの？」

ユトリが大事なことを聞いた。そこは知っておく必要がある。

「おじいちゃんにそれとなくはきいてみたんだけど、コンサートの準備でそれどころじゃないって感じで、全然話を聞いてくれなかったんだ」

春矢は肩をすくめた。

「ジョージ・フーリガンのコンサートがもうすぐあるんだったね」

「今度の日曜日だから、明後日だね。場所は城北アリーナだよ」

春矢は礼司にうなずいた。

「ひらめいた！」

不意にユトリが手をたたいて大きな声を出した。

「いきなり、なんだよ？」

「そのジョージ・フーリガンって人に二人を説得してもらおうよ。一馬先生をそのコンサートに招待してさあ、大勢の観客の前で、そのフーリガンって人に仲直りしろって言わせるの。二人も嫌とは言えないんじゃないかな」

「そんな無茶な」

ユトリの突飛なアイディアに春矢は悲鳴をあげた。

「いや、悪くないよ。観客の前でやるかどうかは別にして、フーリガンに二人を説得してもらうのはアリじゃないかな。喧嘩の原因はフーリガンでもあるんだから、それくらいしてもらったっていいはずだよ」

「でしょ～」

礼司が同意を示すと、ユトリから笑顔がこぼれた。

「でもどうやって、フーリガンに協力してもらうの？」

春矢は途方に暮れたような顔をした。

「まずはSNSで訴えてみよう。フーリガンから何か反応があるかもしれない」

礼司は言った。

「コンサートは明後日だから、そんな悠長なことはしていられない。直談判あるのみだよ」

ユトリはロビーのベンチからすっくと立ち上がった。

「そうだな。あしたなら、城北アリーナでリハーサルとかやってるんじゃないか?」

続いて礼司が腰を上げた。

「行こう」

ユトリは春矢に手を差しのべた。

「そうだね。こうなったら当たって砕けろだ!」

春矢も腹をくくったように明るい顔になって、ユトリの手を取り立ち上がった。

翌日、最寄り駅で電車を降りると、城北アリーナは目の前にそびえ立っていた。

城北アリーナは最大収容人数三万人、この辺りではもっとも大きい多目的のイベントホールである。

最寄り駅の改札から城北アリーナに向かう通路には、明日行われるジョージ・フーリガンの、のぼり旗やポスターがたくさん貼られていた。

「このフーリガンって人、日本語は通じるのかな？」

ポスターを見たユトリは、いまさらながらの心配をした。

「おじいさんからの情報だと、フーリガンの日本語は、ほぼ日本人並みだって」

春矢が答えた。

フーリガンは五か国語を操る、世界を股にかけた音楽アーティストである。出生がどこなのかはよくわかっていないが、デビューした国は日本だ。

「良かった。言葉が通じなかったら説得もへったくれもないもんね」

ユトリはニヤリと口角を上げた。

言葉が通じればなんとかなると思っているところはさすがだ。

城北アリーナでは、おそろいの黒のTシャツを着たスタッフたちが、機材を運んだり物販用のテントを張ったり、いそがしそうに明日の準備をしていた。

三人はすぐに正面入り口へ向かった。すると、謙蔵の家で門番をしていた従業員のヤスが、ここでもやっぱり門番をしていた。

謙蔵の会社は、このコンサートの共催に名を連ねており、主に警備の仕事を受け持っているそうだ。

春矢がヤスに手を振ると、黒いスーツ姿のヤスが小走りで駆けてきた。

「ぼっちゃん、今日は何かご用事で？」

「友だちと中を見学したいんだけど、ヤスさん、いいかな？」

「アリーナは座席とかステージの設置とかしているんで、まだ入れませんが、スタンドからのぞくくらいなら別にかまいませんよ」

思ったより簡単にヤスはOKを出してくれた。

ヤスから入場許可証の札を首にかけてもらい、三人は城北アリーナの中に足を踏み入れた。そして、まずは言われた通り、正面の階段を上がってスタンドへ出てみた。

「バカみたいに広いね。学校だって丸ごと入りそう」

ユトリはため息まじりにつぶやいた。

傾斜のきついスタンド席が、すり鉢状にアリーナを取り囲んでいる。

「こんなところを人でいっぱいにするなんて、つくづくすごいことだって思うよ」

礼司はうなずいた。

ユトリじゃないけれど、確かにこの広さには圧倒される。

大勢のスタッフがアリーナにパイプイスを並べていた。ステージはすでに完成しているようで、テストをしているのか、電飾がピカピカ切り替わり、音響のスタッフが、ピーーッとか、ガーーッとか、大きな音をホール中に響かせている。

「ステージへ近づいてみようよ」

ユトリが言って、三人はスタンドをステージの裏手まで回り込んだ。

近づいてみると、ステージはちょっとしたビルくらいに大きかったが、裏から見ると鉄骨がむき出しになったジャングルジムのようだ。

「あれって、春矢くんのおじいさんじゃないか？」

礼司が指差すと、春矢がうなずいた。

三人がいるスタンドのすぐ下、ステージ裏のバックヤードで、倒れた大型バイクをはさんで、謙蔵が何人かのスタッフと深刻な表情で何やら話し込んでいた。

「おじいちゃま～！」

ユトリが声を張り上げた。スタンド席の柵から身を乗り出し、下にいる謙蔵に向かって勢いよく手を振っている。

それに気づいた謙蔵が何事かとこちらを見上げた。しかし、そこにユトリの姿はない。仕方がないので、春矢が苦笑いしながら手を振った。

「あいつ、どこ行った？」

礼司は辺りを見回したが、ユトリはどこにもいない。

「ユトリちゃんなら、もう下にいるよ」

春矢に言われて、礼司があわてて下のバックヤードをのぞくと、ユトリはすでに謙蔵のすぐそばに立っていた。

「あいつは、どうやって降りたんだ？」

スタンド席から下のバックヤードまでは、かなりの高さがある。

ちょっとでも目を離すとこれだ。

「とにかく、ぼくらも下に降りよう」

礼司と春矢は階段を使ってアリーナへ向かい、ステージ裏へと急いだ。

「トラブル発生だよ」

二人がバックヤードに行くと、ユトリがいきなり言った。

「何かあったんですか？」

春矢が、心配そうに謙蔵の顔を見上げた。

「ショーのオープニングで使うバイクに細工がされていたんだ。このまま気づかずに使っていたら、本番でどうなっていたことか……」

謙蔵は、苦虫をかみつぶしたような顔で言った。

スタッフがバイクを試運転させたら、いきなり暴走して転倒し、壊れてしまったらしい。

「だれの仕業だ？」

「『なりすましのK』だと思われますが、逃げられました……」

社員の一人が謙蔵に頭を下げた。

それらしい人物が監視カメラに映っていたようだ。

「ほかにも、『たぴおか』『807号』『バラ肉』『シカゴのマイケル』『R1』など、厄介ファンのビッグネームが続々と現地入りしたという報告もあります」

別の社員が報告した。

「まずいな。我々は今回、やつらの後手に回ってしまったようだな」

謙蔵は腕を組んで、深くため息をついた。

ジョージ・フーリガンのコンサートは、厄介ファンとの戦いの歴史でもある。

下手くそ、引っ込め、くたばれなど、観客からの罵詈雑言は当たり前。ステージに向けて、生卵や胡椒の入った袋などが雨あられのように投げつけられる。一方のフーリガンは、そんな観客たちに頭から泥水を浴びせ、マシンガンに込められた赤いペイント弾を撃ちまくる。

常に喧嘩腰で、ステージで死ぬなら本望だと思っているふしすらあるフーリガンのライブには、唯一無二のすごみがあると話題になり、観客たちを熱狂させた。しかしそれと同時に、世界中から厄介者たちを集めてしまう結果にもなった。

やがて、ステージでフーリガンを倒してこそ本物のファンだと考える集団が現れた。警察に逮捕されることもいとわない連中からの攻撃は、開催するごとにエスカレートしていった。

謙蔵もそんな観客の一人だったが、いつからかフーリガンを守るほうへと回った。地域の興行を取り仕切っていた父の仕事を引き継ぐと、ファンの中からすご腕や切れ者をスカウトして法人化し、さまざまなコンサートの警備で実績をあげていった。

そして、いまではフーリガンのライブに欠かすことのできない守りの要となった。謙蔵がいなかったら、フーリガンがいま頃どうなっていたかわからないとまで言われている。

「それでジョージはなんと言ってる？」

謙蔵は別の社員に確かめた。

「絶対にこのバイクでステージに出て、細工した連中をびびらせてやる、っておっしゃってました」

「直せってことか……。らしいってやあ、らしいんだが」

謙蔵は頭をかいた。

「バイクの修理なら、すごい人を知っています」

礼司が手を挙げて言った。

それを聞いてはっとなった春矢は、

「はい、はい。ぼくもその人のこと知ってます。修理の先生もやっているくらいだから腕は確かなはずです」

と、礼司に続けて太鼓判を押した。

ユトリ一人だけが、なんのことかわからずキョトンとしているが、一馬をここへ呼び寄せるのに絶好の機会がめぐってきたのだ。

「そりゃあいい。金ならいくらかかってもかまわねえから、すぐにそいつを呼んでくれ」

謙蔵は気前のいいことを言った。

春矢は、謙蔵に聞こえないように少し距離をとって、さっそく一馬に電話をかけた。

「春矢です。ちょっと困っている人がいて。伯父さんに直してほしいバイクがあるんです。いまから来てもらえませんか？」

『場所はどこだ？』

すぐに電話に出た一馬が聞いた。

「城北アリーナです。時間を争っているので修理代はいくらかかってもかまわないって言ってます。伯父さんの言い値でかまいません。すぐに来てほしいんです」

『そいつはかまわないが、部品や工具が合わないと行っても何もできないんだ。そのバイクの車種はわかるか？』

「ぼくにはちょっとわからないんで、写真を撮って送ります。伯父さんが判断してください」

春矢は電話をいったん切ると、ジョージのバイクの写真を何枚か撮って、一馬に送った。

『ビンテージないいバイクだな。こいつがいじれるならすっ飛んでくぜ』

すぐに、一馬から返事があった。

「じゃあ、城北アリーナの裏の、搬入口で待ってます」

春矢はそう言って、電話を切った。

「なるほどね～。一馬先生を呼んだのか。二人ともやるじゃん」

ユトリは二人をひじで突っついた。


一時間もたたず、一馬は城北アリーナに到着した。

「春矢、こいつはどういうことだ？」

城北アリーナの裏口に、機材等を運び込むための大きな搬入口がある。そこで出迎えた春矢に、一馬は乗ってきたピックアップトラックから降りることなく言った。

答えによってはそのまま帰るつもりのようだ。

「ええと……」

春矢が口ごもる。

「おれはこのジョージ・フーリガンっていうロック野郎のことが大嫌いだってことを、この間おまえに話したよな？」

一馬はそこら中に貼ってあるフーリガンのポスターをにらみつけている。

「それは、そうなんだけど……」

春矢はたじたじだ。

すると、春矢の後ろから声がした。

「すご腕の修理屋だと聞いて来てみたら、とんだ期待外れだったな。何もできない半端者などいらん。とっとと帰れ、帰れ」

春矢が振り返ると、アリーナの裏口へ続く入り口の奥から謙蔵が姿を現した。その後ろに、ユトリと礼司もいる。

「このクソじじい。だれが半端者だって?」

一馬は車を降りると、勢いよくドアを閉めた。

「客が気に入らないからって、帰るつもりなんだろ。そんなやつはプロじゃない。半端者と呼んで何か問題でもあるのか?」

謙蔵はさらに一馬を挑発した。

「だれが帰るって言った?」

一馬は怒りのあまり、低い声になった。

「どうせおまえごときでは直せんと思うが、帰らんのなら、さっさと仕事せい」

謙蔵は、手をひらひらさせた。

「ふざけやがって。修理代はこっちの言い値だって言ったよな。だったら一千万だ。ビタ一文まけねえから用意しとけよ！」

「払ってやるから、やれるもんならやってみろ！」

謙蔵がそう怒鳴った瞬間、二人が同時にそっぽを向いた。

「どうすんの～。ケンカがエスカレートしちゃってるよ～」

ユトリがめずらしくおどおどしている。

「このタイミングで二人を会わせたのは失敗だったかもな……」

さすがの礼司も途方に暮れてしまった。

その8 コンサートの夜に

日曜日の朝、ユトリが母親の車で礼司の家までやってきた。ユトリは白いふわっとしたワンピースに星の形のかわいい髪飾りをつけている。

そのまま二人は車で最寄り駅まで送ってもらい、電車で城北アリーナへ向かった。

コンサートの開場時間は午後六時だ。まだ昼前にもかかわらず、アリーナ前の駅はホームからすでに、危なそうな連中でごった返していた。

青白い顔で目つきの悪い全身黒ずくめの男、ボロボロに破れたTシャツとジーンズで掃除機の中をぶちまけたように汚い身なりの女、毎日だれかと殴り合いでもしているのかと思うほど顔が傷だらけのおじさん、髑髏の刺繍が入ったそろいのガウンを羽織った集団など、目をあわせたくないような人ばかりだ。

「この人たち、みんなジョージ・フーリガンファンなの？」

「そうみたいだね」

少々あきれ気味のユトリに、礼司はうなずいた。

開場時間のはるか前から入り口に並んでいる不気味な連中のすきまを縫って、二人は昨日ヤスにもらった入場許可証を使い、裏口から城北アリーナの中に入った。

薄暗くて広い通路を中へ進むと、脇に一馬の車が停めてあるのが見えた。中をのぞくと、一馬がシートを倒して仮眠していた。

礼司はそっと通り過ぎようと思ったが、二人の気配に気づいたのか、一馬は大きく体をのばしてから、むくっと起き上がった。

「いま、何時かな？」

一馬が目をこすりながらつぶやいた。

「もう少しで十時です」

礼司は自分の携帯端末で確かめてから答えた。

「先生、バイクは直りましたか？」

ユトリが聞いた。

「ああ、試し乗りもすませたから、もう大丈夫なはずだ」

夜の間に直したのだろう。一馬は眠そうにあくびをした。

「じゃあ先生は、一千万円ゲットですね」

ユトリは目をキラキラさせている。

「そういうことだ」

一馬はニヤッとすると、ユトリとげんこつ同士を合わせた。

「ところで、じじいには聞かなかったが、あのバイクは、なんであんな細工がされていたんだ？」

「それはですね……」

礼司はきのう聞いたばかりのフーリガンの生き様を、理解できている範囲で一馬に説明してみた。

「なるほどね」

一馬はそう言うと、だまってしまった。

しばらくすると、逆光で顔はよくわからないが、通路の奥からこちらに向かってくる大きい影と小さい影が見えた。

「そこにいたんだ！」

小さい影がこちらに向かって走ってくる。

春矢だ。

「バイクは直ったようだな」

大きい影は、祖父の謙蔵だった。

「当たり前だ」

一馬はぶっきらぼうに答えた。

「席を用意した。おまえもジョージのライブを観ていけ」

謙蔵が言った。

「別にいいよ。興味ねえ」

一馬は目をそらした。

「ライブでバイクがちゃんと動くか確認していけと言っているんだ」

「はい、はい。おおせのままにいたしますよ」

一馬はそう言うと、車のシートを倒して再び寝転び、こちらに背を向けた。

「伯父さんは、一晩かけて修理したから眠いんだよ」

春矢が必死にフォローしたが、謙蔵は何も答えなかった。


午後六時になった。

開場した城北アリーナにお客さんが続々と吸い込まれていく。

子どもたち三人のシートは招待席の最前列にあった。一馬の席はその横である。

三人が席についてしばらくすると、あくびしながら一馬が現れた。

照明がしぼられ、ざわついていた超満員のホールがだんだん暗くなっていく。

「さあ、いよいよだよ～」

ユトリが足をバタバタさせた。

初めての本格的なライブに興奮気味だ。

そして暗闇の中にバイクの爆音が響き渡った。

「よし。いい音だ」

隣で一馬がつぶやいた。

パッと点灯したスポットライトの中に、バイクにまたがったジョージ・フーリガンの姿が浮かび上がった。

割れんばかりの歓声を上げる観客たち。その間をバイクが走りぬける。

総立ちになった観客たちは、くさった野菜や生卵などをバイクの上のフーリガンに向かって嬉々として投げつけている。何食わぬ顔のフーリガンは、外周からど真ん中のストレートに入った。

その時、事件は起こった。

不意にバイクが奇妙な音を上げたかと思うと、暴走し始めた。フーリガンのバイクはゆらゆら揺れながら、いまにも倒れそうなところをなんとか持ちこたえている。もし転倒したら、観客席まで暴走バイクがなだれ込んで大惨事になる。

「うそだろ！」

一馬はおどろいて身を乗り出した。

バイクを倒さずにいけたとしても、いずれは正面のステージに激突してしまう。どういうことだろう。修理がちゃんとできていなかったのか。

礼司は、息を吸うのを忘れるほどだったが、目だけはそらさなかった。春矢は目をつぶっていたが、ユトリは手で顔を覆ったものの、そのすきまからちゃんと様子を見ている。

ステージは目の前だ。もうダメだと思った瞬間、フーリガンはキキキキキィーッとタイヤを横すべりさせ、壁へぶつかる寸前でピタリとバイクを止めた。

辺りにはタイヤのゴムが焼けるようなにおいが充満している。

「死ぬのは俺様じゃねえ、おまえらだ！」

フーリガンがさけんだ。それを合図に、ステージ上のバンドメンバーがいっせいにマシンガンをかまえると、そこから放たれたペイント弾で観客たちが次々と真っ赤に染まっていった。

「なんだったんだ、いったい？」

一馬は頭に手をやりながら、ふらふらと腰をおろした。

みんなフーリガンに一杯食わされたのだ。

バイクに仕掛けを作った犯人もさぞかしくやしかったことだろう。

それからも、悪臭をかがされてわめき散らしたり、フーリガンの歌声に酔いしれて涙を流したり、頭から泥水をぶっかけられて奇声を上げたり……。観客たちも、日頃の鬱憤を思うぞんぶん晴らすことができた。

やがて休憩タイムとなり、フーリガンとバンドメンバーたちが、いったんステージからはけた。

「やばいな。のどがカラカラだぜ」

一息ついた一馬は、自分の席から立ち上がると、

「おまえたちも何か飲むか？」

横にいた礼司たちに声をかけた。

「飲む、飲む～」

一馬の後を飛び跳ねながらついていくユトリに、礼司と春矢も続いた。

一馬と子どもたちは、招待席から自動販売機が設置されている関係者オンリーのスペースまで駆け足で下りた。

「後はなんでも好きなだけ選んでいいぞ」

自動販売機から自分のコーラを取り出すと、ユトリに財布を渡して一馬が言った。

「やった～」

どこかタガが外れ、テンションが上がっているユトリは、次々と自動販売機のボタンを押して、近くにいるスタッフにもどんどん飲み物を配っていく。

「あんなこと、やらせてもいいんですか?」

礼司は少し心配になって、一馬に確かめた。

「いいからやらせとけ」

一馬はそう言ってベンチに腰かけると、コーラの缶を開け、口に流し込んだ。

「気前がいいじゃないか」

いつの間にか、一馬の背後に謙蔵が立っていた。

「もうすぐ一千万が手に入る予定なんでね」

振り向きもせずに一馬は言った。すると意外にも謙蔵はうれしそうだった。

「ジョージのライブ、どうだった?」

謙蔵は話題を変えた。

「圧倒された。これが七十近いじいさんのできることなのかって思ったよ」

一馬は正直に答えた。

「無理にでも文句をつけると思ったがな」

「感動させられちまったんだから仕方ないさ。あんたがバカみたいにハマってたやつが、若い頃どんなだったのか、興味がわいたよ」

一馬は、そこでやっと振り返って謙蔵の顔を見た。

「何度も誘ったぞ」

謙蔵は肩をすくめた。

「覚えてねえよ」

顔を見合わせた途端、二人はつい吹き出してしまった。

一馬が家を飛び出す前に、謙蔵と一緒にフーリガンのライブに行っていたら、違う

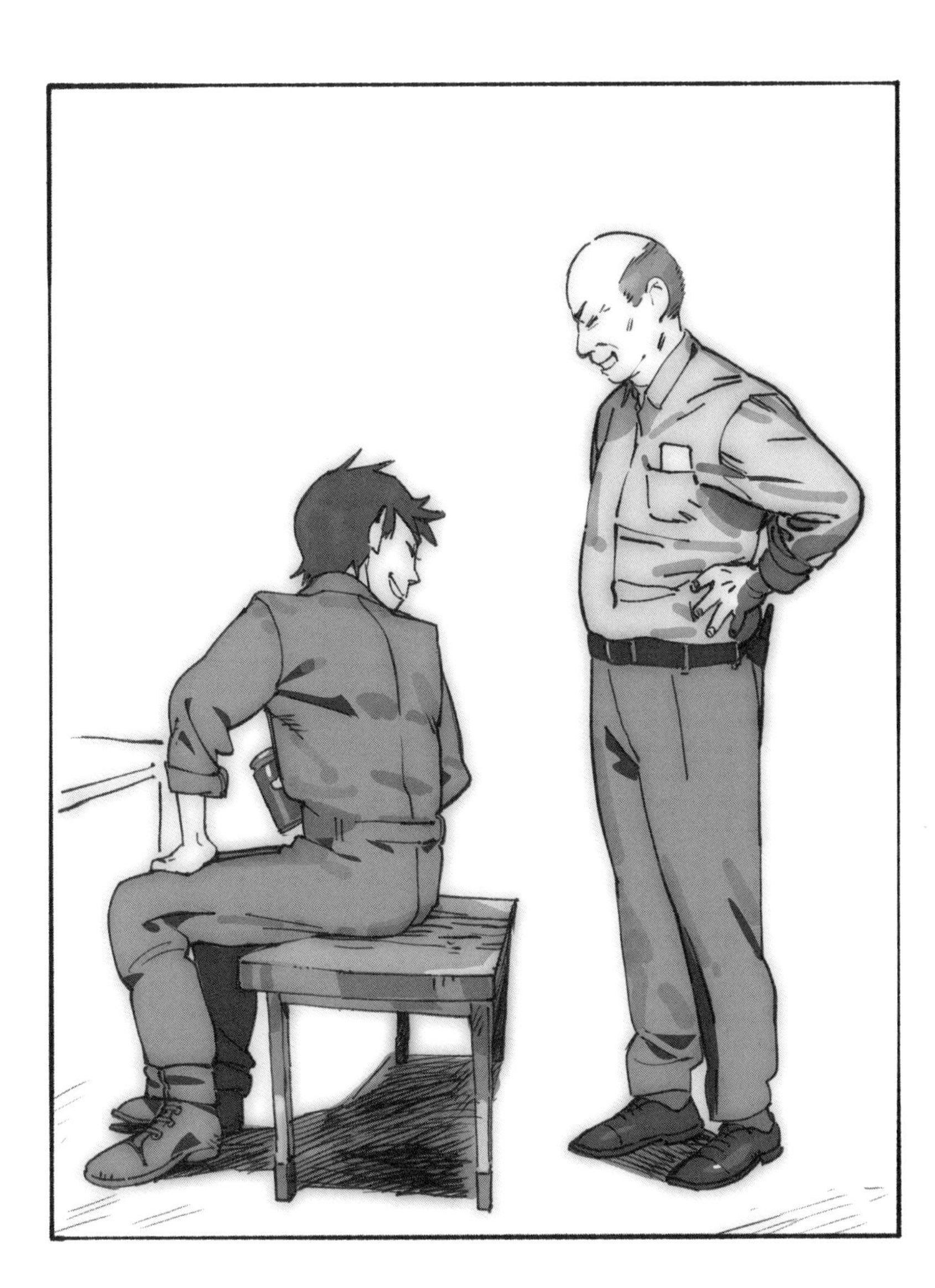

未来があったのかもしれない。

「何かにおわない？」

ユトリが鼻をくんくんさせた。

「それになんだか煙たいよ」

春矢は目をしばたたかせる。

その時、謙蔵の携帯電話に着信が入った。

「ロビーで厄介な連中が発煙筒を焚いて暴れているらしい」

謙蔵は早口で伝えると、身をひるがえし、現場に向かって走りだした。ここにいろ、と言われたが、一馬と子どもたちも謙蔵の後を追いかけた。

いよいよ厄介な連中が本格的に動きだしたようだ。

謙蔵はしばらくの間全速力で走っていたが、急にスピードを落とした。そしていきなり立ち止まり、眉を寄せ、顔をしかめて何かを考える素振りを見せた。

「なんで止まった？　急がねえとやばいんじゃねえか」

一馬が息を整えながら、わけを聞いた。

「まずい、こいつは陽動だ。ステージに引き返すぞ！」

謙蔵は、はっとした表情になると踵を返した。ほかのみんなも謙蔵について、いま来た道を逆走し始めた。

「『ようどう』って？」

ユトリが走りながら聞いた。

「わざと目立つようなことをして相手の注意をひいているうちに、別の場所で本来の目的を果たそうとするようなことだよ」

礼司が答えた。

その「別の場所」はステージじゃないかと謙蔵は考えているようだ。

ステージ裏のバックヤードまで戻ってきたが、ずっと走ってきたのでみんな肩で息をしている。

会場には観客たちのアンコールを求める声が響いている。

厄介なファンたちが焚いた発煙筒の煙は、何かの演出くらいにしか思っていないようだ。

そして、いままさにフーリガンがステージに再登場して、ライブの終盤戦を始めようとしていた。

「おまえたちも、この辺りで何かおかしな動きをしている者がいないか捜してくれ！」

爆音のような演奏が始まったが、謙蔵が声を張り上げたのでなんとか聞きとることができた。

「あれじゃない？」

春矢が身振り手振りをしながら、ステージ上の巨大なスピーカーと電飾を支える鉄骨のやぐらを上がっていく二人を指差した。

関係者用のTシャツを着てはいるが、ほとんどのスタッフが発煙筒の対応のため、ロビーに向かっているはずだ。いまそこに登って何をしようというのか？

「間違いない、あいつらだ！」

謙蔵はそうさけぶと鉄骨を登り始めた。一馬と子どもたちも、バックヤードのさまざまなところから鉄骨によじ登った。

怪しい二人組は、すでにやぐらのてっぺんまでたどり着いている。そしてその場にしゃがみ込むと、こそこそと何かをし始めた。

二人組はボルトをゆるめて、鉄骨の一部を外そうとしているようだ。

見下ろすと、ステージでギターを演奏しているフーリガンの姿が見える。上からあんなものを落とされたら洒落にならない。

すでにほとんどのボルトが外され、残すは一箇所のみである。

「てめえら、何してやがる！」

そこへ、最初にたどり着いた一馬が、厄介ファンの一人を羽交いじめにした。

残りの一人は反対側から登ってきた謙蔵と対峙している。

あわてたその厄介ファンは、まだボルトが一本つながったままの鉄パイプを、やぐらの上から無理やり蹴り落とそうとしたが、下まで落ちることはなく宙ぶらりんの状態になった。

鉄パイプは、やぐらの途中まで登っていたユトリの目の前でふらふらしている。

ユトリは下へ落とすまいとその鉄パイプに手をのばした。だがその瞬間、支えていた最後のボルトが折れた。

垂直になった鉄パイプとそれをつかんだままのユトリが、真下にいるフーリガンの頭を突き刺すように落ちていくのが、礼司にはスローモーションのように見えた。

観客たちもやっと大変な事態が起きていることに気づいたようで、いっせいに悲鳴をあげた。

その時、発煙筒の煙が館内に押し寄せ、観客たちの視界がさえぎられた。


そして一瞬の静寂。


まだユトリが落ちた音も、新たな悲鳴も聞こえない。

礼司は必死に身を乗り出して、煙が立ち込めるステージに目を凝らした。

フーリガンの頭の上に、鉄パイプがそそり立っているように見える。しかし、フーリガンは何事もなかったかのようにギターをかき鳴らしている。

すると、鉄パイプにしがみついたユトリが、こちらに向かって片手に何かをかかげて見せた。あれは、南無に渡された魔法の空飛ぶハンマーだ。

「あいつ、あの鉄パイプをフーリガンの頭上から二ミリ浮かせたっていうのか！」

礼司は全身に鳥肌が立った。

ユトリは片手で鉄パイプにしがみついたまま、ひょいっとフーリガンの横に降り立った。

やがて発煙筒の煙が晴れると、演奏を終えたフーリガンが少女を肩に乗せて観客の前に姿を現した。

「俺様のステージに天使が舞い降りたぜ！」

フーリガンがさけぶと、地鳴りのような歓声が館内を震わせた。

ユトリの白いワンピースが、ライトを浴びてキラキラとまぶしく光っている。

フーリガンは満面の笑みで謙蔵にウインクしながら親指を立てた。

最終章

「どう、どう？　わたしたち、課題をクリアしたんじゃないの？」

ユトリは南無に詰め寄った。

「まあ、いいだろ」

南無の答えは素っ気なかった。

「それだけですか～？」

ユトリは口をとがらせた。

「仕方ないな。手を出しな」

南無は舌打ちをしながら、ユトリの手のひらにうす汚い指輪をぽろっと落とした。

「なんですか、これ？」

「何って、見えない指輪だろ」

南無は不満げに言った。

「これ、見えてますけど」

ユトリは眉をひそめた。

「いまは汚れているから見えるんだ」

「わっ、ばっちい」

ユトリはあわててその指輪を放り出した。

「いらないのなら返してもらうぞ」

「いりますよ」

南無が拾うより先に、ユトリはその指輪をつまみ上げた。

「これって何に使えるんですか？」

ユトリは期待に顔を輝かせながら聞いた。

「いずれわかるさ。だがいまは内緒だ」

「相変わらずケチですね～」

そう言いながら、ユトリは汚れを落とそうと、南無の上着の端で指輪をこすり始めた。

「おい、その汚れは落とすなよ」

「なんでですか？」

南無が、上着ではなく汚れのことを注意したので、ユトリはキョトンと目を丸くした。

「見えなくなったらなくすだろ」

「それはそうかも」

南無の言葉を素直に信じているユトリは、手を引っ込めながらうなずいた。

春矢の祖父、謙蔵と伯父の一馬は、まだ仲が良いとまではいえないが、長い間抱いていた互いへのわだかまりは多少消えたようである。

謙蔵が大切にしていたジョージ・フーリガンの茶碗は、割れた部分を漆でつなぎ、そこを金粉で覆う、金継ぎと言われる手法で、割った本人の一馬が直した。

一度壊れたモノは元には戻らないが、何かを加えることによって別のモノに生まれ変わる。

その新しく生まれ変わった茶碗をフーリガンがとても気に入ったので、謙蔵はそれを彼に進呈し、自分の家には春矢が作った偽物を飾ることにした。

結局、一馬は修理代の一千万は受け取らなかった。そのかわり、フーリガンからあのバイクがプレゼントされ大満足だったようだ。

あの日、受付の武井もフーリガンのライブに参加していたようで、ゾンビメイクの自撮り写真を、後日、うれしそうに礼司たちに見せてくれた。

いつも明るい武井にも結構ストレスがあるのかもしれない。

3Dプリンター教室の講師、後藤が自分の教室に武井フィギュアを飾ると、講師たちの間で大人気になり、たちまち各方面からの注文が殺到し、みんな自分の机の上に置くようになった。

ユトリは勝手に、武井の人形は実物大のサイズで作られると思っていたようで、手乗りサイズなら別にいいかと納得していた。

「あれ、南無先生も武井さんのフィギュアを手に入れたんですか？」

礼司が、南無の後ろの棚にそれらしきものが飾られているのを見つけた。

「あれ、何か違う……」

ユトリは眉をひそめた。

南無の大きな体に隠れて、実体がほとんど見えなかったのでユトリと礼司は回り込んだ。

「ネコのポーズ……これは、わたしが消去したはずの武井セクシーヴァージョン！」

おどろいたユトリは思わずさけんだ。

「どうやって手に入れたんです？」

礼司は聞いた。

「オレをだれだと思っているんだ？」

南無は胸を張った。

「またいかがわしくてせこい魔法を使ったんだ」

礼司は目をすぼめた。

「おまえ、その言い方。思ったことが口に出てるぞ」

「あっ、いけね」

礼司は自分の口を手でおさえた。

宗田 理

SOUDA OSAMU

作家。東京都出身。日本大学藝術学部卒業。出版社に勤務したのち、水産業界の裏側を描いた『未知海域』を発表。同作が1979年に直木賞候補となり、以後、執筆活動に入る。1985年刊行の『ぼくらの七日間戦争』がベストセラーとなり、続刊となる『ぼくらの天使ゲーム』『ぼくらの大冒険』など、ロングセラーとなった「ぼくら」シリーズほか「悪ガキ7」シリーズなど、著書多数。

浮雲宇一

UKUMO UICHI

イラストレーター。装画を手がけた主な作品に、『虹いろ図書館のへびおとこ』『兄ちゃんは戦国武将!』『僕は上手にしゃべれない』『ジブリアニメで哲学する　世界の見方が変わるヒント』などがある。

探検！
いっちょかみスクール
魔法使いになるには編

2020年11月10日　初版発行
2023年11月 1 日　第2刷発行

作者	宗田 理
発行者	吉川廣通
発行所	株式会社静山社 〒102-0073 東京都千代田区九段北1-15-15 電話 03-5210-7221 https://www.sayzansha.com
印刷・製本	中央精版印刷株式会社
ブックデザイン	albireo
編集	荻原華林

printed in Japan　ISBN978-4-86389-595-9

探検！いっちょかみスクール
怪盗の後継者編

宗田理 作

魔法対怪盗、勝つのはどっち？
ようこそ当塾の裏教室へ！

おや、どうやらユトリさんも礼司さんも、無事に「魔法教室」の生徒になれたようですね。え？ ユトリさんはその上「名探偵」にもなりたいと？ それはちょうどよかった。実は当塾に「怪盗」からの犯行予告が届いたのですよ。

静山社